Scherz Krimi
Spannung mit Niveau

GARDNER, E. Stanley

Der Blutsauger
Die einsame Erbin
Die falschen Würfel
Frühstück für eine Million
Das Geheimnis des Kanarienvogels
Geschäftsmann mit Vergangenheit
Der goldene Köder
Guter Ruf ist teuer
Handel mit dem Schicksal
Der heulende Hund
Die kalte Spur
Katzen haben scharfe Krallen
Das Mädchen vom Golfplatz
Der Mann im Smoking
Motten im Nerz
Der nervöse Komplice
Party der Unschuldsengel
Die Pfotenspur
Rache in bar
Roter Drache, weiße Weste
Roulette mit dem Teufel
Schlafwandlers Nichte
Die schönsten Beine von Cloverdale
Schuß nach Mitternacht
Die schwarze Limousine
Die seltsame Braut
Die seltsame Nixe
Der unerwünschte Nachbar
Der vertauschte Casanova
Das vertauschte Gesicht
Was wußte Diana?
Wohin fuhr die Tote?
Zu treuen Händen

Erle Stanley Gardner

Wohin fuhr der Tote?

Scherz

Bern – München -- Wien

Einzig autorisierte Übertragung aus dem Amerikanischen
Titel des Originals: »The Case of the Runaway Corps«
Schutzumschlag von Heinz Looser
Foto: Warner Bros. Szene aus dem Film »The Ritz«

6. Auflage 1980, ISBN 3-502-50608-6

Gesamtherstellung: Ebner Ulm

1

Della Street trat ins Privatbüro ihres Chefs. »Im Vorzimmer sind zwei Damen, die Sie sprechen möchten – ein merkwürdiges Gespann.«

»Wie sehen sie denn aus?« Masons Neugierde wurde wach.

»Die eine, Mrs. Davenport, ist scheu wie eine Maus. Ende Zwanzig, schätze ich.«

»Und die andere?«

»Über Fünfzig. Eine Katze.«

»Mutter und Tochter?«

»Könnte sein.«

»Also, die liebe Tochter, die sehr an ihrer Mama hängt und unter ihrem brutalen Gatten soviel zu leiden gehabt hat, daß sie mich nun zur Verteidigung ihrer Rechte anrufen.«

»Wahrscheinlich«, sagte Della. »Ein merkwürdiges Gespann jedenfalls.«

»Erklären Sie ihnen, daß ich Verwandtschaftsstreitigkeiten nicht behandle und sie sich einen anderen Anwalt suchen müssen.«

Della Street schien zu zögern.

»Ich habe ihnen bereits eröffnet, daß Sie Fälle von Familienstreitigkeiten nicht übernehmen.«

»Und was meinten sie dazu?«

»Die Mäuschenhafte sagte gar nichts.«

»Und die Katzige?«

»Die Katzige sagte, es handle sich um einen Mord.«

»Und sie warten noch?« fragte Mason.

»Ganz recht. Die Katzige drängt mich, Ihnen zu bestellen, daß sie ein Flugzeug erreichen müssen.«

»Genügt mir«, sagte Mason. »Schicken Sie die Katze und die Maus mit ihrer Mordgeschichte herein. Jetzt werde ich selbst neugierig.«

Della Street eilte hinaus, um nach wenigen Sekunden wieder zu erscheinen und die Tür aufzuhalten. Mason hörte Schritte, und schon kam eine schlanke, ehrbar aussehende Frau, den Blick zu Boden gesenkt, mit einem Koffer herein. Sie schaute kurz auf, sagte »Guten Morgen«, und während sie leisen Schrittes an der Wand entlangging und sich auf einen Stuhl niederließ, bumste ein zweiter Koffer hart gegen die Tür. Eine ältere Frau schob sich hastig ins Büro, setzte den Koffer ab, daß es krachte, sah auf ihre Armbanduhr und sagte: »Wir haben genau zwanzig Minuten Zeit, Mr. Mason.«

»Schön«, gab er lächelnd zurück. »Bitte, nehmen Sie Platz. Sie sind gewiß Mrs. Ansel?«

»Sehr richtig.«

»Und das ist Mrs. Davenport?« fragte Mason, indem er auf die Jüngere deutete, die ihre Hände im Schoß gefaltet hatte.

»Sehr richtig«, sagte Sara Ansel wieder.

»Ihre Tochter vermutlich?«

»Aber keineswegs«, erwiderte Sara Ansel. »Wir haben uns vor ein paar Monaten zum erstenmal gesehen. Sie ist viel herumgereist – ihr Mann hat mit Erzgruben zu tun –, und ich war in Ostasien, in Hongkong. Bin sozusagen ihre angeheiratete Tante, der Mann meiner Schwester war ihr Onkel.«

»Wenn ich recht verstehe, wollten Sie mich wegen einer Mordsache sprechen?«

»Sehr richtig.«

Mason musterte die beiden Frauen nachdenklich.

»Ist Ihnen schon mal der Name William C. Delano zu Ohren gekommen?« fragte Mrs. Ansel.

»War das nicht ein bekannter Erzgrubenbesitzer?«

»Sehr richtig.«

»Er ist, glaube ich, gestorben?«

»Vor einem halben Jahr. Na, der Mann meiner Schwester, John Delano, war sein Bruder. Auch er und meine Schwester sind schon tot. Und Myrna hier, das heißt Mrs. Davenport, ist eine Nichte von John und William Delano.«

»Ach so. Nun erzählen Sie mir am besten mal, worum es sich handelt und was mit dem Mord ist.«

»Myrnas Mann, also Ed Davenport, hat einen Brief geschrieben, in dem er Myrna beschuldigt, sie wolle ihn töten.«

»Und an wen hat er den Brief geschickt?«

»Bis jetzt noch an niemand. Er hat ihn nur bereitgelegt, adressiert an den Bezirksanwalt oder die Polizei – wir wissen nicht genau, an wen –, und der Brief soll im Falle seines Todes abgeliefert werden. Er beschuldigt darin seine Frau, Hortense Paxton

vergiftet zu haben, die Nichte, die den größten Teil von Williams Geld erben sollte. Und er besitzt den Nerv zu behaupten, Myrna hätte den Verdacht, er wüßte, was sie angeblich getan hat, und plane, ihn umzubringen, und deshalb sollte im Fall seines Todes die ganze Geschichte untersucht werden.«
Mason blickte neugierig Mrs. Davenport an, die regungslos dasaß. Nur einmal, als sie seinen Blick spürte, schaute sie auf, senkte aber gleich wieder den Kopf und starrte weiter auf ihre Hände.
»Wie ist denn der Mann überhaupt auf diese Idee gekommen?« fragte Mason. »Hat er Gründe für derartige Beschuldigungen, Mrs. Davenport?«
»Selbstverständlich nicht!« entgegnete Sara Ansel schnell.
Mason studierte wieder das Gesicht von Mrs. Davenport, die nun erklärte: »Ich bringe fast den ganzen Tag in meinem Garten zu. Ich besitze einige Zerstäuber mit Mitteln zur Schädlingsbekämpfung. Diese Mittel sind sehr giftig. Mein Mann ist von einer unausrottbaren Neugier. Schon zweimal habe ich ihn warnen müssen, daß es gefährlich ist, die Spritzen spielerisch zu handhaben. Vielleicht hat ihn das auf solche Gedanken gebracht. Er ist sehr unvernünftig: sobald er sich etwas in den Kopf setzt, wird das bei ihm zur fixen Idee.«
»Anscheinend haben wir hier ein ziemlich kompliziertes Bild«, meinte Mason. »Wie ich hörte, wollen Sie mit dem Flugzeug verreisen. Vielleicht wäre es unter diesen Umständen besser, Sie nähmen eine spätere Maschine und –«
»Können wir nicht. Ed liegt im Sterben.«
»Meinen Sie Ed Davenport, den Gatten dieser jungen Dame?«
»Sehr richtig.«
»Und er hat den bewußten Brief hinterlegt, der im Fall seines Todes den Behörden ausgehändigt werden soll?«
»Sehr richtig.«
»Das kompliziert die Lage«, erklärte Mason.
»So, tut's das?« Sara Ansel wurde ungeduldig.
»Woran stirbt er denn?« fragte Mason.
»An seinem wüsten Lebenswandel!« sagte Sara Ansel scharf.
»Vielleicht wäre es besser«, fuhr Mason fort, »wenn Sie versuchten, mich wenigstens in großen Zügen über die Zusammen-

hänge aufzuklären.«
Sara setzte sich in den dicken, für die Klienten bestimmten Klubsessel. Ihre nervösen Bewegungen ließen erkennen, daß sie nicht etwa ausruhen wollte, sondern einen Kampf aufnahm.
»Sie müssen aber genau zuhören, weil mir keine Zeit zum Wiederholen bleibt«, mahnte sie.
Mason nickte. »Meine Sekretärin, Miss Street, macht Notizen, die kann ich später studieren.«
»William C. Delano war ein sehr reicher, aber auch sehr einsamer Mann. In seinen beiden letzten Lebensjahren hat seine Nichte Hortense Paxton bei ihm gewohnt und ihn gepflegt. Er starb sozusagen zentimeterweise und wußte das. In seinem Testament hatte er Hortie fast sein gesamtes Vermögen vermacht. Ihn zu pflegen war eine furchtbar schwere Aufgabe, deshalb wandte sich Hortie an Myrna, die dann mit Ed zusammen hinfuhr, um sie zu unterstützen.
Hortie wurde kurze Zeit nach Ankunft der beiden schwer krank und starb innerhalb von zwei Wochen. Damals hat Ed Davenport nichts dazu gesagt. Erst später hat er zu Myrna bemerkt, er glaube, Hortie sei vergiftet worden. Wie er auf die Idee gekommen ist, weiß kein Mensch. Sie ist aber typisch für Ed Davenport, diesen sturen, neurotischen Egoisten und Hohlkopf.«
»An was ist denn Miss Paxton gestorben?« fragte Mason.
»Überarbeitung. Ihr Tod war für William ein schrecklicher Schlag, sie war seine Lieblingsnichte. Er wollte ihr vier Fünftel seines Vermögens vererben und Myrna ein Fünftel.«
»Und Ihnen hat er nichts hinterlassen, Mrs. Ansel?«
»Schließlich doch noch. Wir sind nie gut miteinander ausgekommen. Nachdem Hortie tot war, hat er sein Testament geändert.«
»Sie scheinen überzeugt zu sein, daß Miss Paxton eines natürlichen Todes gestorben ist.«
»Ist sie auch. Sie hatte diese Darmgrippe, die damals so verbreitet war, und die hat sie nicht überstanden, weil sie schon so entkräftet war.«
»Hatten Sie sie vor ihrem Tod noch gesehen?«
»Ja. Als ich hörte, daß sie krank sei, fuhr ich hin, um zu sehen, ob ich helfen konnte. Drei oder vier Tage nach meiner Ankunft starb sie, und ich blieb dann nicht mehr lange.

William Delano und ich mochten uns eigentlich ganz gern, aber manchmal konnte er mich bis aufs Blut reizen, und dann gab's meist Krach. Myrna behauptete, sie kämen ohne mich zurecht, denn es waren noch die Haushälterin und eine Krankenschwester da. Also reiste ich ab.«

»Und wann kamen Sie wieder hin?«

»Kurz nachdem William gestorben war.«

»Wurde die Leiche Miss Paxtons seziert?«

»Aber nein! Es wurde ein Arzt hinzugezogen, der den Totenschein ausstellte, dann wurde sie begraben, und alles war in Ordnung, bis Ed Davenport auf einmal mit diesem Gerede anfing. Ich muß schon sagen: der Mann hat seine fünf Sinne nicht beisammen! Wo er jede Minute sterben kann, setzt er sich noch hin und schreibt so einen heimtückischen Brief. Wenn er nun stirbt – wer weiß, was dann noch alles daraus entsteht!«

»Wo befindet sich der Brief?«

»Irgendwo in seinem Büro.«

»Und wo liegt das?«

»In Paradise.«

»Wie bitte?«

»So heißt der kleine Ort bei Chico im Norden des Staates. Dort hat er sein Büro in einem Haus, in dem er mit Myrna eine Zeitlang wohnte, als sie aus Südamerika zurückkamen. Ed hat ja seine Erzbergwerke fast ohne Kapital gekriegt. Nachdem er später mit Myrna hierher nach Los Angeles gezogen war, hat er das Haus oben in Paradise als Büro für seine Gesellschaft eingerichtet. Das heißt, er nennt es Büro. Zwei Zimmer sind auch entsprechend möbliert; aber er hat dort auch Schlafzimmer und Küche und wohnt oft dort. Manchmal bleibt er eine Woche dort, manchmal auch zwei. Seit ich bei Myrna bin, war er fast die ganze Zeit in diesem sogenannten Büro – oder scharwenzelte im Lande rum, spielte den großen Wirtschaftsführer und Bergwerksmagnaten.«

»Darf ich fragen«, flocht Mason ein, »wie es kommt, daß Sie so genau über diese internen Dinge informiert sind, ich meine, wo Sie doch mit William Delano auf gespanntem Fuß standen? Sie hatten . . .«

»Na ja, erstens ist mir Myrna ans Herz gewachsen. Und nach

dem geänderten Testament erbe ich außerdem ein Fünftel von Williams großem Haus hier in Los Angeles und werde mir nicht gefallen lassen, daß Ed Davenport mich schließlich aus meiner eigenen Wohnung raussetzt. Nachdem ich erlebt habe, wie er Myrna behandelte, war ich furchtbar empört, habe mir aber Mühe gegeben, es nicht merken zu lassen und nichts dazu zu sagen. Das stimmt doch, nicht wahr, Myrna?

Heute morgen bekamen wir nun telefonisch Nachricht, daß Ed in Crampton ist und –«

»Ich hatte doch richtig verstanden, daß er krank ist?« fiel Mason ein.

»Das ist es ja gerade, was ich Ihnen auseinandersetzen will – er liegt im Sterben, und wir haben hier nur noch ein paar Minuten Zeit. Also wissen Sie, dieser verrückte Einfall, so einen dämlichen Brief zu schreiben, der im Falle seines Todes an die Behörden gehen soll! Klagt seine eigene Frau des Mordes an!«

»Steht das so in dem Brief?«

»Jedenfalls dem Sinn nach – wenn wir zwei und zwei zusammenzählen, muß das drin stehen.«

»Und woher können Sie wissen, was der Brief enthält, Mrs. Davenport?«

Myrna sagte so leise, daß es kaum zu verstehen war: »Er hat sich ja auch mündlich so ausgedrückt. Hat förmlich getobt und mich beschuldigt, ich hätte Hortie vergiftet, und weil ich wüßte, daß er das weiß, fühlte er sich selber bedroht.«

»Und Mr. Davenport ist jetzt in Crampton?« fragte Mason.

»Ja. Er war auf dem Weg von Paradise hierher und wurde dort krank. Liegt in einem Motel. Der Arzt hält die Sache für sehr ernst – er glaubt nicht, daß Ed durchkommt.«

»Und wenn er durchkommt?« wollte Mason wissen.

Sara Ansel gab ihm die Antwort. »Ich habe da natürlich keine Ratschläge zu erteilen. Myrna kann tun und lassen, was sie will, aber ich bin jedenfalls im Bild. Ich weiß, daß Davenport mit ihrem Geld jongliert, und ich bin felsenfest überzeugt, daß er es ihr abgaunern will. Ich wüßte jedenfalls, was ich täte, wenn ich an Myrnas Stelle wäre!«

»Und falls Ed Davenport stirbt?« fragte Mason.

Sara Ansel warf Myrna einen Blick zu.

»Falls er stirbt«, sagte Myrna Davenport mit ihrer sanften, fast unhörbaren Stimme, »wird der Brief dem Bezirksanwalt übergeben und, weiß der Himmel, was dann passiert.«
»Und was soll ich dabei für Sie tun?« fragte Mason.
Jäh erhob sich Sara Ansel aus dem Sessel. »Gib mir deinen Schlüssel, Myrna.«
Wortlos öffnete Myrna ihre Hand und reichte Sara einen Schlüssel, die damit an Masons Schreibtisch trat und ihn auf die Glasplatte legte.
»Was ist das?« fragte er.
»Der Schlüssel zum Büro in Paradise.«
»Und was soll ich damit anfangen?«
»Falls Ed Davenport stirbt, den Brief herausholen.«
»Steckt in den Beschuldigungen, die Davenport erhebt, die geringste Wahrheit?«
»Seien Sie doch nicht albern! Myrna könnte keiner Fliege etwas zuleide tun. Hortie ist an Überarbeitung gestorben.«
»Und Mr. Delano?«
»Lag schon seit Monaten im Sterben. Sein Herz war erledigt. Die Ärzte gaben ihm nur noch ein halbes Jahr, und er hat noch ein ganzes gelebt. Und hätte noch länger gelebt, wenn Hortie nicht gestorben wäre. Das hat ihm den Rest gegeben.«
»Warum soll denn dann der Brief nicht zur Ablieferung kommen?« fragte Mason. »Wenn die Beschuldigungen offensichtlich so absurd sind, warum sie nicht einfach der Polizei erklären?«
Die Frauen wechselten Blicke, ein kurzes Blinzeln brachte deutlich etwas für Mason Unverständliches zum Ausdruck.
»Nun?« forschte er.
»In Wirklichkeit ist die Sache nicht so einfach«, sagte Sara Ansel. »Es gibt da Komplikationen.«
»Inwiefern?«
»Es hat sich jemand mit einem anonymen telefonischen Anruf an den Untersuchungsrichter gewandt und ihm geraten, die Todesursache bei Hortense Paxton nachzuprüfen. Das war natürlich irgend so ein Wichtigtuer – wenn es nicht Ed Davenport selbst gewesen ist. Bei ihm weiß man nie, woran man ist. Der bringt's fertig, uns beide zu töten. Wenn er ahnte, daß wir hier mit Ihnen reden, täte er's bestimmt.«

Mason hatte plötzlich einen Entschluß gefaßt. »Ich bin bereit, folgendes für Sie zu tun«, sagte er. »Falls Ed Davenport stirbt, will ich versuchen festzustellen, was in dem Brief steht. Ist er nach meiner Ansicht das Werk eines Psychopathen, dann werde ich die Sache nachprüfen, und wenn mir alles in Ordnung scheint, Mrs. Davenport den Brief aushändigen. Andernfalls werde ich den Brief, wenn sich aus ihm das kleinste ernstzunehmende Verdachtsmoment ergibt, der Polizei aushändigen, aber dann bemüht sein, es so einzurichten, daß niemandem Unrecht geschieht.«

Mason überlegte noch ein Weilchen, dann sagte er zu seiner Sekretärin: »Della, diktieren Sie ein Schreiben folgenden Inhalts, das Mrs. Davenport unterzeichnen wird: daß ich in jeder Beziehung ermächtigt bin, sie zu vertreten in allen Angelegenheiten, die sich auf ihre verwandtschaftlichen Verhältnisse oder Vermögensrechte beziehen, und jede zur Sicherung dieser Vermögensrechte mir geeignet erscheinende Maßnahme einleiten darf. Sollte ihr Gatte sterben – am besten erwähnen Sie in dem Schreiben auch, daß er zur Zeit schwer erkankt sein soll –, bin ich von Mrs. Davenport zu ihrer Vertretung in allen vermögensrechtlichen Fragen bestellt und soll in ihrem Namen für sie sämtliche Vermögensteile, in natura sowohl wie in Form schriftlicher Unterlagen, als Treuhänder in Besitz nehmen und gehalten sein, alles zu tun, womit nach meinem guten Glauben ihrem Interesse am besten gedient ist.«

Mason blickte Myrna Davenport an. »Sind Sie bereit, so ein Schreiben zu unterzeichnen?«

Sie hob die Augen zu ihm auf und sagte halblaut: »Selbstverständlich, Mr. Mason. Mein Mann liebt mich ja nicht mehr. Ihn interessiert nur mein Geld, und das stiehlt er mir. Gerade jetzt, während wir davon sprechen, versucht er noch, alles so unklar ineinander zu verschachteln, daß wir niemals ganz durchfinden können.«

2

Kurz nach 3 Uhr an diesem Nachmittag wurde ein Ferngespräch aus Crampton für Mr. Mason angemeldet.
Mason nickte der Sekretärin zu. »Ich nehme es, Della, aber hören Sie lieber gleich mit.«
Er hob seinen Hörer ab. Als die Verbindung hergestellt war, vernahm er die Stimme Sara Ansels.
»Er ist tot.«
»Davenport?«
»Ja.«
Einen Augenblick schwiegen sie beide.
»Und«, fuhr Sara Ansel fort, »Myrna hat den ganzen Besitz. Er hat ein Testament hinterlassen, in dem er ihr alles vererbt. Ist ja wohl auch das wenigste, was er unter diesen Umständen tun konnte!«
»Ja, ja«, sagte Mason. »Wie ist das nun mit dem erwähnten Brief?«
»Die Adresse in Paradise heißt: Crestview Drive. Am besten kommen Sie hin, wenn Sie mit der Südwestlinie bis nach Chico fliegen. Mieten Sie sich da einen Wagen, es sind dann nur noch knapp zwanzig Kilometer auf einer guten gepflasterten Straße. Sie fahren über die Hauptstraße raus und biegen an der Oliver Road links ein. Wo die Steigung anfängt, scharf links einbiegen und ein kleines Stück erst in Richtung Balley View, dann wieder nach links direkt zum Crestview Drive, und da ist es das letzte Grundstück an der rechten Seite.«
»Ist dort niemand im Hause?« fragte Mason.
»Nein, kein Mensch. Wiedersehen.« Sie hatte den Hörer hart hingeknallt.
Mason hängte ebenfalls ein und blickte zu Della Street hinüber.
»Fahren Sie nach Paradise?« fragte sie.
Er nickte.
»Und wenn Sie dort sind, was wollen Sie dann machen?«
»Mrs. Davenports Interessen so gut wie möglich vertreten.«
»Indem Sie den Brief suchen?«
»Vielleicht.«
»Und dann?«

»Das«, antwortete Mason, »hängt davon ab, was wir finden, wenn wir den Brief haben. Stellen Sie doch mal fest, wann Flugzeuge abgehen, und dann wollen wir los.«
»Wir?«
Er nickte. »Sie glauben doch wohl nicht, daß ich in diese Sache ohne Zeugen marschiere.«

3

Die DC-3 hüpfte, als sie von Marysville aufgestiegen war, durch Luftlöcher wie ein Auto durch Pfützen.
Ein Taxi brachte Mason und Della Street ins Stadtzentrum von Chico, wo es Mason gelang, ein Auto zu mieten. Sie fanden den Weg nach Paradise und begannen die lange Steigung zu nehmen.
Die Reifen knirschten auf dem Kies einer Anfahrt, es ging an einem Kiefernwäldchen, an dichtem Manzanitagebüsch, einigen Apfelbäumen und Birnbäumen vorbei, und schon stoppte Mason den Wagen am Vorbau eines Hauses, das, obgleich aus keinem Fenster Licht schien, einen freundlichen und gemütlichen Eindruck machte.
Er ging um den Wagen und folgte Della Street in den erhöhten Vorbau.
»Sollen wir nicht vorsichtshalber erst klingeln?« fragte sie.
Mason nickte.
Della Street drückte auf die Klingel. Nach etwa zehn Sekunden schob Mason den Schlüssel ins Schloß. Der Riegel schnappte leise auf. Er drehte den Knopf, die Tür sprang auf.
»Was nun?« fragte Della. »Benutzen wir eine Taschenlampe oder –?«
»Wir knipsen das Licht an«, erwiderte Mason. »Eine Taschenlampe würde auf unerlaubten Besuch deuten, und unerlaubter Besuch auf ein schlechtes Gewissen. Schließlich haben wir Karten in einem Spiel gezogen, bei dem wir von den Mitspielern sehr wenig wissen, Della, und ich weiß verflixt nicht, wie hoch der Einsatz werden kann.«

»Aber um hohe Einsätze geht es, nicht wahr?«
»Dem Anschein nach ergreifen wir im Namen von Mrs. Davenport Besitz von dem Grundstück«, sagte Mason. »Tatsächlich aber forschen wir nach einem Brief, der hier im Haus oder auf dem Gelände versteckt sein kann. Die Frage ist nur: wo?«
»Er *muß* doch aber wegen der Ablieferung etwas veranlaßt haben«, meinte Della.
»Sehr richtig, und deshalb werden wir mit unserer Suche beim Schreibtisch der Sekretärin den Anfang machen.«
»Ich begreife noch immer nicht ganz«, murmelte sie.
»De facto folgen wir den Wünschen und Anweisungen unserer Klientin«, erklärte ihr Mason, »und werden zumindest feststellen, um was der ganze Rummel geht.«
Er ließ die Rollwand des stählernen Schreibtisches zurückschnellen. Zum Vorschein kamen Briefpapier verschiedener Sorten und Kohlepapier.
Mason wollte auch die rechte Seite des Schreibtischs öffnen, fand aber hier alle Schubfächer verschlossen. »Haben Sie eine Nagelfeile bei sich, Della?«
»Wollen Sie die etwa als Dietrich benutzen?«
Mason nickte.
»Chef, haben wir denn das Recht, da Einblick zu nehmen?«
»Warum nicht?« gab Mason zurück. »Wir suchen ja nach Papieren, die der Witwe gehören.«
Mason nahm die Nagelfeile, die Della ihm gab, und arbeitete an dem Schloß. Nach wenigen Augenblicken sprang eine Sperrklinke auf, und die Schubladen an der rechten Seite lagen offen vor ihm.
»Das sind doch ganz persönliche Dinge«, mahnte Della Street in scharfem Ton.
»Weiß ich«, sagte Mason, »aber wir suchen ja speziell nach – was ist denn das hier?«
»Eine Stahlkassette«, antwortete Della.
Mason schüttelte die Kassette. »Scheint nur ein einziges Dokument zu enthalten«, sagte er. »Könnte das Gesuchte sein. Und wenn Sie mich noch so bös anschauen, Della – meine Neugierde siegt schnell über meine Gewissensbisse.«
Mason klappte die Kassette auf und entnahm ihr ein dickes

braunes Kuvert. Auf dessen Rückseite stand, nicht schön, aber mit fester Hand geschrieben: »Zu öffnen im Fall meines Todes und Inhalt den Justizbehörden zu übergeben.« Die Unterschrift lautete »Ed Davenport«.

»Nun, Herr Rechtsanwalt«, meinte Della Street, »vielleicht können Sie mich über die juristischen Details aufklären: ist dieses Kuvert Eigentum der Witwe, gehört es den Behörden, oder ist es Eigentum der Sekretärin, in deren Schreibtisch es gelegen hat?«

»Wollen feststellen, was es enthält«, sagte Mason, »dann werden wir vielleicht in der Lage sein, Ihre Fragen zum Teil zu beantworten.«

»Vielleicht wäre es aber besser, sie vorher zu beantworten.«

Mason schüttelte lächelnd den Kopf. »Erst müssen wir den Inhalt kennen, bevor wir über unsere Verpflichtungen klarwerden, Della.«

Er ging in die Küche, füllte einen Teekessel mit Wasser und stellte den Elektroherd an. Dann ging er wieder ins Büro und kramte in Ed Davenports Schreibtisch, sah Briefordner durch, las Briefe und zog Schubfächer auf.

»Suchen Sie etwas Bestimmtes?« fragte Della Street.

»Wir schützen Mrs. Davenports Interessen, wobei es freilich einiges gibt, was wir nicht tun können. Wir dürfen keine Beweismittel unterschlagen und an Indizien nicht herumpfuschen, jedoch wie sollen wir wissen, ob etwas ein Beweismittel ist, ehe wir's uns angesehen haben, Della? Kommen Sie, ich glaube, das Wasser kocht jetzt.«

Mason ging wieder in die Küche. Sehr sorgfältig öffnete er das zugeklebte Kuvert mit Wasserdampf, griff hinein, nahm die Papiere heraus und entfaltete sie.

Della holte vor Schreck so laut Atem, daß es das kräftige Brodeln des Wassers im Teekessel deutlich übertönte.

»So, da haben wir's«, sagte Mason heiter. »Sechs Blatt sauberes, unbeschriebenes Papier.«

»Weshalb sollte jemand sich die ganze Mühe machen, einen Brief mit der Anweisung ›nach meinem Tode zu öffnen‹ zu hinterlassen, der dann nichts weiter enthält als unbeschriebenes Papier?« wunderte sich Della.

»Gerade die Antwort auf diese Frage werden wir vielleicht finden müssen«, sagte Mason trocken.
»Wie meinen Sie das?«
»Lag da im Büro nicht eine Tube Klebstoff, Della?«
Sie nickte.
»Schön. Wir werden dieses Kuvert wieder zukleben, und so wie die Dinge liegen, wäre wohl zu empfehlen, daß ich keine Fingerabdrücke hinterlasse.«
Er trocknete die Umschlagklappe über der warmen Platte, ging ins Büro zurück, klebte das Kuvert behutsam zu, legte es in die Kassette, stellte diese wieder ins Schubfach und schloß mit Hilfe von Dellas Nagelfeile die rechte Seite des Schreibtischs der Sekretärin wieder zu.
»Chef, Sie scheinen eine Idee zu haben«, sagte Della Street. »Daß nämlich . . .«
Scharf fuhr eine Frauenstimme in ihren Satz. »Was tun Sie hier? Wer sind Sie?«
Mason drehte sich um.
Die große, recht hübsche junge Frau, die im Türrahmen stand, machte jäh kehrt, ohne eine Antwort abzuwarten. Mason hörte sie laufen, und gleich danach vom Wohnzimmer das schwirrende Geräusch einer schnell betätigten Wählscheibe.
Er lächelte Della Street zu, schritt zum Schreibtisch und nahm den Hörer von dem dort stehenden Apparat.
In der Amtsleitung konnte er die Frau sprechen hören: »Verbinden Sie mich sofort mit der Polizei. Ein Notfall. Ich bin Mabel Norge, im Hause Davenport am Crestview Drive. Hier stöbert ein Fremder in der Wohnung. Die Polizei muß sofort herkommen.«
Mason legte den Hörer zurück. Er hörte die Haustür zuknallen.
Della Street zog fragend die Brauen hoch. »Polizei?«
Mason nickte.
»Wie lange werden die brauchen bis hierher?«
»Kommt drauf an. Vermutlich nicht sehr lange.«
»Wollen wir versuchen, noch wegzukommen?«
»Keineswegs. Wir bleiben hier und reden mit ihnen.« Mason lehnte sich bequem in den Sessel an Ed Davenports Schreibtisch und steckte sich eine Zigarette an.

»Chef«, sagte Della Street nervös, »ich sehe nicht ein, warum wir nicht durch die Hintertür verschwinden sollen.«
»Unser Mietauto steht vorn«, grinste er. »Die junge Dame hat sich bestimmt schon die Nummer notiert. Nein, Della, wir bleiben auf jeden Fall hier und halten die Stellung. Haben gar keine andere Wahl. Wenn Sie richtig überlegen, haben wir doch eine ziemlich breite Spur hinterlassen. Flucht würde auf Schuldbewußtsein deuten.«
»Trotzdem. Irgend etwas an der ganzen Geschichte geht mir gegen den Strich«, sagte Della.
»Bisher haben wir nur getan, was man von uns erwartet, und werden jetzt versuchen, ein bißchen selbständig zu handeln«, erklärte Mason.
»Was soll das heißen? Wollen Sie –«
Sie hörten eine schnell lauter werdende Sirene.
»Das wird die Polizei sein«, sagte Mason.
Wieder hörten sie die Haustür, mehrere Stimmen und schwere Schritte. Ein Mann mit einer Metallmarke am Revers, Revolver in der Hand, steckte vorsichtig den Kopf ins Zimmer und sagte: »Hände hoch.«
Mason kippte sich in dem Drehsessel weiter zurück, blies eine lange Rauchwolke in die Luft und sagte: »Guten Abend, Officer. Treten Sie ein und nehmen Sie Platz.«
Der Beamte blieb, den Revolver schußbereit, in der Tür stehen. »*Wer* sind Sie und *was* machen Sie hier?« fragte er.
»Ich bin Perry Mason, ein Anwalt«, erklärte Mason. »Gestatten Sie mir, Ihnen meine Sekretärin, Miss Street, vorzustellen. Im Moment bin ich damit beschäftigt, zu treuen Händen das Eigentum der Witwe von Edward Davenport zu übernehmen.«
Mabel Norge schrie auf: »Er ist *tot*? Er ist *tot*?«
Mason nickte.
»Dann ist er ermordet worden!« rief sie.
»Na, na«, ermahnte Mason. »Sicher sind Sie erregt, aber deshalb dürfen Sie doch nicht gleich so wilde Behauptungen aufstellen.«
»Sind Sie Mrs. Davenports Rechtsbeistand?« fragte der Beamte.
»Ganz richtig.«
»Haben Sie eine Vollmacht?«

»Sie hat mir den Schlüssel zum Haus gegeben und eine briefliche Vollmacht.« Nachlässig zog Mason den Brief aus der Tasche und reichte ihn dem Beamten.
Der Polizist blickte seine Begleiterin an. »Kennen Sie diese Leute, Miss Norge?«
Sie schüttelte den Kopf.
Mason sagte zu ihr: »Ich nehme an, Sie sind Mr. Davenports Sekretärin, deren Anfangsbuchstaben MN sich auf den Briefen befinden?«
»Ich bin Mabel Norge«, erklärte sie. »Bin Mr. Davenports Sekretärin, und falls er tot ist, habe ich . . . muß ich dem Beamten etwas ausliefern.«
»So, so«, sagte Mason.
»Mr. Davenport hat diese Situation kommen sehen«, fuhr sie fort.
»Welche Situation?«
»Seine Ermordung.«
»Nur mit der Ruhe«, sagte Mason.
Der Polizist steckte seinen Revolver ein. »Was liegt denn hier eigentlich vor?«
Mabel Norge sagte: »Sie hat ihn umgebracht. Er wußte, daß sie das versuchen würde, und hat einen verschlossenen Brief hinterlassen, in dem er den Beweis erbringt, der zur Anklage gegen sie benutzt werden kann.«
»Wie sollen wir das verstehen – ›hinterlassen‹?« fragte Mason.
»Hat ihn mir gegeben.«
»Mit dem Auftrag, ihn aufzubewahren?«
»Mit dem Auftrag, ihn im Falle seines Todes zu öffnen und dann dafür zu sorgen, daß der Inhalt der Polizei zur Kenntnis kommt.«
»Haben Sie den Brief schon vor seinem Tode geöffnet?«
»Selbstverständlich nicht.«
»Also wissen Sie nicht, was in ihm steht?«
»Nun . . . nur, was er mir gesagt hat.«
»Hat er Ihnen denn gesagt, was darin steht?«
»Er hat mir gesagt – na ja, jedenfalls genug, um zu erkennen, daß er ahnte, er könnte jeden Augenblick sterben.«

»Sicherlich«, bestätigte Mason. »Seine Ärzte hatten ihm ja eröffnet, daß er jederzeit plötzlich sterben könne. Und da scheint es mir ganz natürlich, daß ein Mann Vorsorge trifft, um –«

»Er sagte mir, ich sollte, wenn er stürbe, den Brief öffnen und dafür sorgen, daß die Polizei die Papiere bekäme, aber wenn jemand versuchen sollte, sich den Brief noch bei seinen Lebzeiten zu verschaffen, sollte ich ihn vernichten.«

»Na schön«, sagte Mason. »In diesem Fall schlage ich vor, wir schließen das Haus ab, und bin in Anbetracht der Tatsache, daß sich hier, wie Miss Norge erklärt, ein Brief befindet, der etwas enthält, was vielleicht der Beschuldigung eines Verbrechens gleichkommt, der Meinung, es müßte dafür gesorgt werden, daß niemand etwas von diesem Grundstück entfernen kann.«

»Entfernen werden wir den Brief«, erklärte Mabel Norge energisch. »Den werde ich jetzt sofort öffnen und seinen Inhalt dem Beamten aushändigen.«

»O nein, das werden Sie nicht«, widersprach Mason lächelnd.

»Was soll das heißen?«

»Daß Ihr Arbeitsverhältnis im Augenblick des Todes von Mr. Davenport beendet war. Sie waren seine Angestellte, seine persönliche Vertreterin. Sein Tod schließt diesen Zustand der Tätigkeit ab, ungeachtet, selbstverständlich, Ihres Anspruchs auf etwa noch ausstehende Entlöhnung. Sie haben kein Recht mehr, hier irgend etwas anzurühren.«

»Einen Moment«, schaltete sich der Polizist ein. »Ich kenne die betreffenden Gesetze nicht, dulde aber keinesfalls, daß irgendein Beweisstück verschwindet.«

»Gewiß nicht«, sagte Mason. »Ich möchte vorschlagen, daß Sie alle Türen abschließen, und da Miss Norge offenbar einen Schlüssel besitzt . . .«

»Wie sind denn *Sie* hereingekommen?« fragte Mabel Norge.

»Ich sagte Ihnen doch, daß ich einen Schlüssel habe«, erwiderte Mason. »Mrs. Davenports Schlüssel.«

Der Beamte fuhr fort: »Wenn ein Brief des Verstorbenen existiert, der im Todesfalle geöffnet werden soll, ein Brief, der Schlüsse auf seine Todesart zuläßt, dann müssen wir jetzt sehen, daß wir den Brief bekommen.«

»Die Sache liegt doch so«, sagte Mason, »daß niemand weiß, ob in diesem Brief irgend jemand beschuldigt wird oder er einen Fingerzeig enthält. Vielleicht enthält er ja ein Testament.«
»Na, wir wollen ihn uns ansehen«, erklärte der Beamte. »Sie vertreten die Ehefrau, und die Sekretärin ist auch anwesend. Ich vertrete das Gesetz. Wollen sehen, was der Brief enthält.«
»Niemand wird diesen Brief ohne Erlaubnis der Witwe öffnen«, protestierte Mason.
»Nun mal langsam. Mit Ihnen ist anscheinend schwer fertigzuwerden«, sagte der Beamte.
»Nicht, wenn Sie alles in rechtmäßiger Form durchführen. Darf ich um Ihren Namen bitten?«
»Ich bin Sidney Boom und dem Sheriff unterstellt. Dieses Grundstück gehört nicht zum Stadtgebiet, sondern zu unserem Landbezirk.«
»Das ist fein«, sagte Mason. »Sind Sie bereit, hier korrekt nach den gesetzlichen Vorschriften zu verfahren, oder nicht?«
»Natürlich will ich das. Nach den gesetzlichen Vorschriften.«
»All right. Das hier im Haus befindliche persönliche Eigentum gehört in die Gütergemeinschaft, so daß die Witwe den Anspruch auf die Hälfte hat. Die eine Hälfte gehört sowieso ihr, und die zweite wird ihr auf dem Weg über die Nachlaßverwaltung zufallen. Technisch gesehen hat sie schon jetzt den Anspruch darauf, der jedoch erst rechtsgültig wird, wenn der Nachlaß amtlich überprüft ist und die Schulden bezahlt sind.«
»Na, diese Gesetze kenne ich im einzelnen nicht«, gestand Boom, »aber falls hier irgendwelche Beweisstücke vorhanden sind, werde ich dafür sorgen, daß damit nichts geschehen kann.«
»Sehr richtig«, sagte Mason. »Andererseits: wenn es sich nicht um Beweise handelt, sondern um wertvolles Eigentum, möchte ich mich vergewissern, daß es nicht aus dem Nachlaß entfernt wird.«
»Wie meinen Sie das?«
Mason erklärte es ihm. »Woher soll ich wissen, ob dieses Kuvert, das im Todesfall geöffnet werden sollte, nicht ein Testament enthält? Oder vielleicht frei verkäufliche Wertpapiere, die Davenport seiner Sekretärin zukommen lassen wollte? Es kann

sogar – was wir ja nicht wissen – bares Geld enthalten.«
»Na, um das festzustellen, ist doch der beste Weg, den Brief zu öffnen und nachzusehen.«
»Er könnte aber auch etwas enthalten«, bemerkte Mason, »was von wesentlicher Bedeutung für den Nachlaß als solchen ist und zunächst geheimgehalten werden soll.«
»Aber er hat doch den Brief seiner Sekretärin gegeben.«
»Das ist es ja gerade: er hat ihn ihr nicht *gegeben*«, verbesserte Mason. »Er hat ihn ihr zur Aufbewahrung gegeben, aber nicht *ihr* gegeben. Sie hat uns selbst bestätigt, daß sie ihm den Brief, hätte er ihn abgefordert, jederzeit zurückgegeben hätte.«
»So habe ich das aber nicht gemeint«, sagte Mabel Norge. »Ich habe gemeint, daß er ihn mir gegeben hat, damit ich ihn zur Zeit seines Todes der Behörde aushändige.«
»Hat er wörtlich gesagt ›der Behörde aushändigen‹?« fragte Mason.
»Er sollte im Fall seines Todes geöffnet werden.«
»Also hat er nicht gesagt ›Händigen Sie ihn der Behörde aus‹?«
»Nun – ach, genau weiß ich nicht mehr, wie er sich ausgedrückt hat.«
»Na also«, sagte Mason.
Der Beamte blieb hartnäckig: »Damit kommen wir nicht an der Frage vorbei, ob hier Beweismaterial vorliegt. Ich weiß ja nicht, was eigentlich los ist, aber diese junge Dame, die hier arbeitet, behauptet doch, daß ein Brief vorhanden ist, der im Fall des Todes von Mr. Davenport geöffnet werden soll, und daß der Brief Informationen enthält, die vielleicht zu . . . zu . . .«
»Zur Ergreifung der Person führen, die ihn ermordet hat«, ergänzte Mabel Norge mit fester Stimme.
»Sie behaupten also jetzt, daß er ermordet wurde«, fragte Mason.
»Es kann möglich sein.«
»Dann wissen Sie also nicht, was der Brief enthält, sondern können nur mutmaßen?«
»Immerhin weiß ich, was ich in ihm zu vermuten habe. Das könnten wir ja sehr bald feststellen.«
Boom fragte: »Wo ist denn der Brief?«

»In meinem Schreibtisch, in einer Kassette.«
»Holen Sie ihn«, befahl Boom.
»Einen Moment noch«, sagte Mason. »Dieses Vorgehen ist ganz ungewöhnlich und höchst rechtswidrig.«
»Ich lasse es darauf ankommen«, meinte der Beamte.
Mason deutete mit einer Kopfbewegung auf Mabel Norge, die gerade die rechte Seite des Schreibtischs aufschloß. »Was hat *sie* zu dieser Nachtzeit hier zu suchen?«
»Sie arbeitet hier.«
»Nachts?« fragte Mason.
Der Beamte furchte die Stirn. »Ja, sagen Sie mir mal«, wandte er sich an Miss Norge, »was hatten Sie um diese Zeit hier zu suchen?«
»Ich – ich fuhr gerade vorbei und sah Licht im Haus«, antwortete sie.
»Wohin fuhren Sie denn?« fragte Mason.
»Nur so vorbei.«
»Die Straße ist aber hier zu Ende. Eine Sackgasse«, bemerkte Mason.
»Na ja, ich – bin eben hier vorbeigefahren. Ich –«
»Hatten Sie hereinkommen wollen?« fragte Mason.
»Das geht Sie gar nichts an«, brauste sie auf.
»Da haben Sie's«, sagte Mason. »Sie war hier und hatte nichts zu suchen. Zu arbeiten hatte sie um diese Zeit hier nichts. Also was wollte sie?«
»Nun hören Sie mal«, sagte der Beamte, »die Geschichte kommt mir ziemlich verdreht vor. Ich möchte keine Scherereien haben.«
»Die haben Sie bereits. In dem Moment, da Sie in Ihrer amtlichen Eigenschaft irgend etwas in diesem Raum auch nur anfassen, sitzen Sie in der Tinte.«
Boom ging zu Mabel Norge, stellte sich neben sie. »Ich will nichts weiter haben als diesen einen Brief. Wo ist er?«
»In einer Kassette in dieser Schublade.«
Boom klappte die Kassette auf und sah das Kuvert darin liegen.
»Ich rate Ihnen, den Brief nicht anzurühren«, sagte Mason.
Boom betrachtete das Kuvert in dem Kasten. »Was soll Ihrer Meinung nach damit geschehen?«
»Soll dem Nachlaßgericht übergeben werden.«

»Angenommen, es passiert etwas damit?«
»Treffen Sie Maßnahmen, daß das nicht geschieht.«
»Sie meinen, ich sollte –?«
»Ganz richtig«, unterbrach ihn Mason. »Das Ding einschließen, zum Gericht bringen und darauf achten, daß der Nachlaßrichter es in Gegenwart eines Erbschaftssteuerschätzers öffnet.«
Der Beamte zögerte.
Mabel Norge stampfte zornig mit dem Fuß auf. »Öffnen Sie den Brief, Sie dummer Kerl. Merken Sie denn nicht, daß der bloß redet, um Sie daran zu hindern, gerade an das Beweismaterial zu kommen, das Mr. Davenport an Ihre Behörde ausgeliefert wissen wollte?«
Boom nahm das Kuvert in die Hand.
»Moment noch«, warnte Mason. »Lassen Sie sich juristisch nicht von mir beraten und auch nicht von dieser Dame. Sie haben doch Ihren zuständigen District Attorney. Rufen Sie den an und fragen Sie ihn, was getan werden soll.«
»Das ist der richtige Gedanke«, sagte Boom und ging zum Telefon.
Mason fügte noch hinzu: »Ich gebe zu bedenken, daß dieses Kuvert nur in Anwesenheit eines Sachverständigen von der Erbschaftssteuer geöffnet werden darf. Ferner, daß, falls Ihrerseits irgendwelche Zweifel bestehen, was sonst zu geschehen hat, der Inhalt dieses Beweisstücks in Verwahrung genommen werden muß.«
»Was meinen Sie mit Verwahrung?«
»In einer Kassette befindet es sich schon«, sagte Mason, »schließen Sie diese in ein Tresorfach. Dabei müssen Sie sehr, sehr genau aufpassen, daß sich niemand am Inhalt des Kuverts zu schaffen machen kann.«
»Na gut, dann lassen Sie mich jetzt mit dem District Attorney telefonieren«, sagte Boom.
Er nahm den Hörer auf, wählte die Nummer und sagte, als der Staatsanwalt sich meldete: »Hier Polizeibeamter Boom. Bin draußen in Paradise. Entschuldigen Sie, daß ich Sie in der Nacht störe, aber mir ist die Lage juristisch nicht klar. Ich habe hier mit einem Rechtsanwalt zu tun, der behauptet, einen Nachlaß zu betreuen – Ed Davenport ist gestorben. In seinem Büro

befindet sich ein Brief, der im Fall seines Todes geöffnet werden soll. Dieser Anwalt, der die Witwe vertritt, behauptet, niemand wäre berechtigt, den Brief zu öffnen, wenn kein Sachverständiger von der Erbschaftssteuer dabei ist ... Nein, an die Polizei adressiert ist er nicht. Auf dem Kuvert steht nur ›Zu öffnen im Falle meines Todes, Inhalt den Behörden auszuhändigen‹.«
Boom horchte eine Weile in den Apparat, dann sagte er: »Der Rechtsanwalt heißt Perry Mason ... Oh, Sie haben von ihm schon gehört? Er sagt, er hätte nichts dagegen, daß der Brief in der Kassette verwahrt und in Ihre Obhut gegeben wird, bis er in Gegenwart des Richters und des Finanzbeamten geöffnet wird ... Okay.«
Boom hängte ein.
Mason sagte: »Uns gegenüber haben natürlich Sie, Mr. Boom, die volle Verantwortung. Persönlich und amtlich.«
»Schon recht, ich bin verantwortlich.«
»Sie werden also die Kassette zum District Attorney mitnehmen.«
»Ich nehme sie mit«, sagte Boom. »Damit die Sache ihre Ordnung hat, geben Sie mir bitte eine von Ihren Visitenkarten mit, und falls sich herausstellen sollte, daß Sie nicht die Witwe vertreten – na, Sie sind ja Rechtsanwalt, da brauche ich Ihnen wohl die Folgen nicht zu erklären.«
»Ganz recht, das brauchen Sie nicht«, sagte Mason heiter. »So, hier haben Sie meine Karte.«
Die Kassette unterm Arm, verabschiedete sich Boom.
»Ich komme mit Ihnen«, sagte Mabel Norge.
Kaum war die Haustür eingeschnappt, schrillte die Telefonklingel durch das stille Haus.
Mason blickte Della Street an.
Es klingelte noch einmal.
»Sollen wir uns melden?« fragte sie.
Mason nickte. »Nehmen Sie ab, Della. Sprechen Sie unverbindlich. Erst feststellen, wer am Apparat ist, ehe Sie sich äußern.«
Della Street ergriff den Hörer und sagte: »Hallo?«
Einen Augenblick blieb sie still, dann sagte sie »Ja«, deckte die Hand über die Sprechmuschel und sagte zu Perry Mason: »Ein Gespräch aus Bakersfield, Münzautomat. Eben werden die

Münzen eingeworfen.«
»Kein Name genannt?« fragte er.
»Bloß Bakersfield, öffentlicher Fernsprecher.«
In dem Moment nahm sie die Hand von der Muschel und sagte wieder »Hallo?«
Eine Sekunde schien sie verwundert, dann griff sie nach ihrem Bleistift und machte sich schnell Notizen auf ein Papier.
Sanft legte sie den Hörer auf.
»Was war's?« fragte Mason.
»Gleich als ich mich meldete, kam eine Männerstimme durch. Anruf aus einer öffentlichen Telefonzelle in Bakersfield. Der Mann sagte nur ›Motel Pacific Palisades, San Bernardino, Abteil 13‹, dann riß das Gespräch ab. Das Amt sagte, er hätte eingehängt.«
»Hat er denn gar keinen Namen genannt?« fragte Mason.
»Nein. Eine Männerstimme war's jedenfalls.«
Mason stand von seinem Stuhl auf und begann hin und her zu wandern.
Della Street beobachtete ihn gespannt. »Was wird passieren, falls die Norge den Boom dazu bringt, das Kuvert zu öffnen?« fragte sie.
»Dann ist der Teufel los«, erwiderte Mason. »Wenn das geschieht, werden sie vermuten, daß ich die Seiten, die angeblich Beweismaterial enthielten, das heißt: Verdächtigungen, Folgerungen und Anklagen oder dergleichen, herausgenommen und vernichtet und statt dessen unbeschriebene Blätter hineingetan habe.«
»Kann man denn erkennen, daß das Kuvert mit Dampf aufgemacht war?« fragte sie.
»Aber klar. Bei chemischer Untersuchung des Klebstoffs an der Umschlagklappe würde sich zeigen, daß er aus der Tube hier im Büro stammt.«
»Und was würde dann passieren?«
»Wenn wir dieses Vergehens beschuldigt werden sollten, werden wir feststellen müssen, daß wir uns in einem Bezirk befinden, wo wir keine guten Freunde haben, sondern man uns mit Argwohn betrachtet und die Behörden vielleicht auf Grund des Verdachts sogleich weitere Schritte gegen uns unternehmen.«

Sie lächelte. »Womit Sie durch die Blume sagen wollen, daß man uns verhaften könnte?«
»Ja.«
»Wäre es dann nicht ratsam . . .?«
Wieder klingelte das Telefon.
Mason nickte Della zu. Sie nahm den Hörer, sagte: »Hallo . . . Ja . . .« bedeckte die Muschel mit der Hand und fragte Mason: »Können Sie ein Gespräch aus Fresno annehmen, Chef?«
»Stellen Sie fest, wer mich verlangt.«
»Mit wem spreche ich?« fragte Della Street.
Sie blickte hoch. »Mrs. Davenport.«
Mason nickte, sie gab ihm den Hörer.
»Hallo«, sagte er.
»Ist dort Mr. Perry Mason, der Rechtsanwalt?«
»Ganz recht.«
»Einen Moment bitte. Mrs. Davenport wünscht Sie.«
Gleich darauf vernahm Mason die matte, monotone Stimme von Myrna Davenport. »Mr. Mason, es ist ein furchtbarer Irrtum passiert. Er ist weg.«
»Wer ist weg?«
»Mein Mann.«
»Das hat mir Sara Ansel schon mitgeteilt. Daß er heute nachmittag gestorben ist und – aber halt: habe ich Sie vielleicht falsch verstanden?«
»Ja. Ich meine, er ist fort. Verschwunden.«
»Also nicht tot?«
»Nein, Mr. Mason, das wollte ich Ihnen sagen. Er ist nicht tot. Er war überhaupt nicht tot, kann's gar nicht gewesen sein. Aber fort ist er.«
»Wohin?« fragte Mason.
»Weiß ich nicht.«
»Seit wann ist er denn fort?«
»Auch das weiß ich nicht. Er ist in einen Wagen gestiegen und verschwunden.«
Mason unterdrückte eine zornige Aufwallung und sagte: »Was ist denn das für ein Karussell? Was versuchen Sie mir hier eigentlich aufzutischen? Sara Ansel hat mir doch klipp und klar gesagt, Ed Davenport sei tot. Das war heute nachmittag etwa

um drei. Nach ihren Angaben ist er ungefähr eine Viertelstunde vorher gestorben.«

»Das hatten wir ja auch gedacht, und so hat's uns der Arzt gesagt. Wir glaubten alle, daß er gestorben sei, doch offenbar ist er nur bewußtlos gewesen. Wir wußten nicht, wo wir Sie erreichen konnten, bis Sie in Eds Büro kamen, und allmählich wurden wir ganz konfus, weil –«

»Wo sind Sie denn jetzt?«

»In einem Drugstore. Wir fahren aber gleich weiter. Wieder nach Los Angeles.«

»Fahren Sie nicht dahin zurück«, sagte Mason. »Nehmen Sie das nächste Flugzeug nach San Francisco oder einen Zug oder Omnibus, also die erstbeste Transportgelegenheit. In San Francisco gehen Sie ins Flughafenrestaurant im Hochparterre. Setzen Sie sich dort hin und warten Sie auf mich. Haben Sie alles gut verstanden?«

»Ja.«

»Sprechen Sie mit niemand darüber. Falls jemand Ihnen Fragen stellt, geben Sie keine Auskunft. Das bezieht sich auf jeden. Verstehen Sie: auf *jeden*!«

»Ich verstehe, was Sie mir erklären, verstehe aber nicht, warum.«

»Darüber machen Sie sich jetzt keine Kopfschmerzen, sondern tun Sie, was ich Ihnen rate«, sagte Mason und legte den Hörer auf.

Ärgerlich ging er zum Lichtschalter.

»Was gibt's denn?« fragte Della Street besorgt.

»Offenbar«, sagte er, »sind wir hier hübsch übers Ohr gehauen worden.«

»Ed Davenport ist also gar nicht tot?« forschte sie.

»Nach dem neuesten Bericht lebt er sogar bestens und ist verschwunden – vielleicht befindet er sich auf dem Weg hierher oder kann der Mann gewesen sein, der von Bakersfield aus die geheimnisvolle Nachricht gegeben hat.«

»Wie sieht denn nun Ihre juristische Situation aus?«

»Ich stehe da als der Mann, der einen Nachlaß mit Beschlag belegt hat, ehe es ein Nachlaß war, und die Effekten eines ›Toten‹ geplündert hat, der in Wirklichkeit noch lebt. – Kommen

Sie, Della. Wir wollen gehen.«
»Wohin?«
»Zurück nach Chico, wo wir diesen Wagen wieder abliefern und uns mit dem ersten und schnellsten Transportmittel weiterbegeben. Wir nehmen uns nur noch die Zeit, Drakes Detektivagentur anzurufen und Paul Drake zu bitten, daß er zwei seiner Leute nach San Bernardino schickt, um das Motel Pacific Palisades zu überwachen, insbesondere das Abteil 13, und ihm Meldung zu machen, wer es gemietet hat, und dann weiter zu beobachten. Paul soll für uns auch Informationen über Ed Davenport sammeln.«

4

Es war 2.45 Uhr morgens, als Perry Mason und Della Street in den Warteraum des Flughafens von San Francisco kamen.
Mit Dellas Hilfe spielte Mason Mrs. Davenport und Sara Ansel, die im Zwischenstock auf ihn warteten, unauffällig zwei Flugkarten nach Los Angeles zu. Die beiden Frauen hatten bereits Platz genommen, als Mason und Della das Flugzeug bestiegen und die beiden Sitze unmittelbar hinter ihnen belegten.
Sara Ansel drehte sich um und sagte ärgerlich: »Sie haben wahrhaftig lange genug gebraucht, um hierherzukommen.«
»Da in der Gegend, wo wir waren, werden die Gehsteige abends schon um neun zusammengerollt, und das war für uns nicht leicht«, gab Mason ironisch zurück. »Nun erzählen Sie mir erst mal, was passiert ist. Am besten, wir tauschen die Plätze. Della, setzen Sie sich zu Mrs. Davenport, und Sie, Mrs. Ansel, kommen bitte nach hinten zu mir.«
Sie wechselten die Plätze, ohne daß einer der Passagiere, von denen die meisten es sich schon bequem gemacht hatten, um, wenn möglich, etwas zu schlafen, sie zu beobachten schien.
»Sprechen Sie dicht an meinem Ohr«, sagte Mason, »und berichten Sie mir leise, was geschehen ist.«
»Wollen Sie nur die Höhepunkte wissen«, fragte sie, »oder –?«
»Zunächst die Höhepunkte«, erwiderte er. »Ich werde Sie dann

nach den Einzelheiten fragen, die ich noch wissen möchte.«

»Also«, begann sie, »Ed Davenport hat anscheinend sein Büro in Paradise am Sonntag nachmittag verlassen. Er rief Myrna an, daß er zu ihr kommen und über Nacht die Fahrt unterbrechen wollte.

Wahrscheinlich hat er in Fresno übernachtet. Dann fuhr er weiter und kam nur bis zu der kleinen Stadt Crampton, die siebzig bis achtzig Kilometer hinter Fresno liegt, und wurde dort krank. Ich glaube ja, daß er schon vorher krank war, jedenfalls aber hatte er, als er bis Crampton gekommen war, nicht mehr die Kraft, weiterzufahren.«

»Woran erkrankte er denn?« fragte Mason.

»Das läßt sich nun allerdings nicht mit Sicherheit sagen. Ich komme darauf gleich zu sprechen. Er war ein starker Trinker, sollte jedoch bei seinem Blutdruck den Alkohol meiden. Aber offenbar hat er doch getrunken und etwas gegessen, was er nicht vertragen konnte. Jedenfalls ging es ihm furchtbar schlecht. Er hielt beim Motel in Crampton an und fragte, ob es im Ort einen Arzt gäbe. Die Wirtin sagte ihm, es gäbe drei, und nannte ihm die Namen. Er rief einen gewissen Dr. Renault an, der auch sofort zu ihm kam und ihm erklärte, er sei ernstlich erkrankt. Das war zwischen 8 und 9 Uhr morgens.

Ich persönlich nehme an, daß Ed die Nacht in Fresno verbracht und dort wüst gefeiert hat, wahrscheinlich mit einem Frauenzimmer. Wenn Sie mich fragen – ich zweifle nicht daran, daß die ihm ein Betäubungsmittel eingegeben hat.«

»Woher wissen Sie das?« fragte Mason.

»Darauf komme ich gleich«, fuhr sie fort, »ich will Ihnen doch erst erzählen, was weiter passierte. Als Dr. Renault bei ihm war, hatte Ed einen schweren Anfall. Dr. Renault rief uns an, wir sollten wenn möglich sofort hinkommen, es ginge Ed beängstigend schlecht. So schlecht, daß der Arzt sogar seine Überführung in ein Krankenhaus nicht verantworten wollte. Das nächste wäre in Fresno gewesen. Er sagte, er wolle sich um eine Krankenschwester bemühen, aber Schwestern gäbe es nur wenige, und er hielte es für zweckmäßig, wenn Myrna sofort hinkäme, um ihn zu pflegen.«

»Weiter«, sagte Mason.

»Nachdem wir bei Ihnen gewesen waren, nahmen wir das Flugzeug nach Fresno, mieteten uns einen Wagen und fuhren zu dem Motel in Crampton.

Ed war es die ganze Nacht sehr schlecht gegangen. Soviel ich verstand, hatte er unter Erbrechen zu leiden und war dauernd dem Zusammenbruch nahe. Der Doktor besprach sich mit uns und bat, wir möchten ihn anrufen, sobald wir eine Veränderung von Eds Zustand bemerkten. Er würde in einer Stunde wiederkommen.

Wir blieben noch eine Weile bei Ed, der schließlich einschlief. Im Schlaf schien er ruhiger zu werden, war aber trotzdem mächtig elend, das muß man sagen.

Während er schlief, ging ich in mein Abteil. Myrna blieb bei Ed. Sobald ich meine Sachen aufgeräumt hatte, ging ich wieder hin und löste sie ab.

Kaum war ich bei Ed, da bekam er einen merkwürdigen Anfall: er würgte, als müsse er ersticken, und rang heftig keuchend nach Luft.

Ich lief hinaus und rief den Arzt an, der auch sofort erschien. Er fand den Zustand bedenklich und schickte mich ans Telefon, um in einem Drugstore für Ed Arznei zu bestellen.

Myrna war gerade im Bad, sagte mir aber, sie wollte sich schnell den Bademantel überwerfen und zu ihm gehen. Als sie hinkam, war es schon zu spät: Ed war gestorben.

Der Arzt ließ dann durchblicken, Ed habe ihm etwas angedeutet, was bei ihm Verdacht erregte. Er schaute uns finster an, schloß die Kabine ab, in der Eds Leiche lag, und erklärte uns, wir müßten auf den Sheriff, den Untersuchungsrichter und den Staatsanwalt warten. Nach seiner Erklärung waren die Begleitumstände der Erkrankung derart, daß er keinen Totenschein ausstellen könne. Es müsse eine Obduktion vorgenommen werden. Er machte sogar Andeutungen, daß Ed vielleicht ermordet worden sei.«

»Und was haben Sie dann unternommen?«

»Nun«, erwiderte sie, »ich habe das alles nicht für so schlimm gehalten. Sobald ich, ohne taktlos zu sein, abkommen konnte, ging ich über die Straße zum Telefonautomaten bei einer Tankstelle und rief Sie an. Als ich zurückkam, versuchte ich Myrna zu trösten. Sie war nicht gerade erdrückt von Kummer. Die beiden wollten sich ja scheiden lassen – das heißt: eingeleitet hatten sie das noch nicht. Innerlich war sie von Ed schon längere Zeit getrennt. Das ganze Geschehen war aber doch ein schwerer Schlag für sie, deshalb wollte ich sie trösten.«

»Weiter«, sagte Mason.

»Der Arzt schloß also das Abteil ab, indem er sagte, es müsse sozusagen amtlich versiegelt bleiben, führte uns in unsere Kabine, wo er ein paar Fragen stellte, und ging dann, um den Untersuchungsrichter zu rufen.

Ich glaube, es hat über eine Stunde gedauert, bis der endlich kam, zusammen mit einem Vertreter des District Attorney und einem des Sheriffs. Sie machten mit der Vernehmung des Arztes einen großen Wirbel und wollten wissen, ob Ed unter Einwirkung eines Betäubungsmittels gestanden habe. Der Arzt gab ihnen die Schlüssel zur Kabine, der Vertreter des Sheriffs schloß sie auf, ging hinein und stellte fest, Ed müsse wieder zum Bewußtsein gekommen, aus dem Fenster geklettert und fortgefahren sein!«

Mason stieß einen leisen Pfiff aus.

»Ja, wahrhaftig!« sagte Sara Ansel. »Die Beamten wurden sehr ärgerlich. Ich hatte den Eindruck, daß sie mit Dr. Renault schon früher mal Scherereien gehabt haben müssen.«

»Und was sagte Dr. Renault?«

»Der blieb bei seiner Behauptung, Ed sei tot gewesen. Er wagte sogar anzudeuten, wir müßten die Leiche auf noch ungeklärte Weise entfernt haben, um die Obduktion zu verhindern. Er hielt mit seiner Meinung, daß wir Grund zur Angst vor einer Leichenöffnung hätten, nicht hinter dem Berg.«

»Weiter«, sagte Mason wieder, als sie schwieg, »erzählen Sie mir alles.«

»Also, dieser Renault blieb stur dabei, die Leiche müsse entfernt worden sein, aber schließlich hat der Deputy Sheriff, der die Gäste in den anderen Kabinen befragte, jemand gefunden, der gesehen haben will, wie Ed aus dem Fenster kletterte, in einen Wagen stieg und abfuhr.«

»Heiliger Bimbam!« rief Mason.

»Na, *das* sage ich auch! Der Betreffende hat behauptet, Ed sei

im Pyjama gewesen und aus dem hinteren Fenster herausgekrochen. Direkt hinter der Kabine hätte ein Wagen gestanden, den habe Ed angelassen und sei losgefahren. Einerlei, was das für ein Wagen gewesen ist – er muß ihn gestohlen haben, denn sein eigener ist dageblieben.«
»Und er war im Schlafanzug?«
»Ja, das hat der Herr behauptet, der darüber natürlich erstaunt war. Er hat aber gedacht, es sei gewiß jemand gewesen, der vor einer polizeilichen Kontrolle oder dergleichen ausrücken wollte und . . .«
»Befand er sich denn in der Nähe – so daß er den Mann erkennen konnte, den er sah?« fragte Mason. »Ihn nach Fotos identifizieren könnte oder . . .?«
»Um Gottes willen, nein! Dreißig Meter entfernt war er. Hat bloß bemerkt, daß es der Figur nach ein Mann sein mußte, und meint, er habe bestimmt einen Pyjama getragen. Mit rotem Muster. Und solche hat Ed tatsächlich.
Na, wir versuchten dann, Sie telefonisch zu erreichen, aber Sie waren inzwischen schon auf dem Weg nach Paradise. Also warteten wir, bis Sie unserer Schätzung nach in Paradise sein mußten, und riefen dann Eds Nummer an, unter der Sie sich meldeten.«
»Weshalb ist Ed aus dem Fenster gestiegen?« fragte Mason. »Und wie soll er das fertiggebracht haben, wenn er so schwer krank war, wie der Arzt behauptete?«
»Offen gesagt«, antwortete sie, »ich glaube nicht, daß der Arzt bereit ist, den wahren Hergang bekanntzugeben. Sie wissen ja: wenn jemand im Sterben liegt, spritzen die Ärzte ihm ein starkes Stimulans direkt ins Herz. Das hat Dr. Renault, glaube ich, bei Ed auch gemacht und dann nicht lange genug die Wirkung abgewartet. Er war zu sehr darauf bedacht, uns schnell auszuhorchen. Ed muß zuletzt etwas gesagt haben, das den Doktor wohl überzeugt hat, daß Ed irgendwie Myrna die Schuld an seiner Erkrankung gab.
Natürlich denkt der Arzt, wir hätten die Leiche weggebracht und versteckt, und es könnte Myrna gewesen sein, die durchs Fenster eingestiegen sei, den Pyjama angezogen hätte und wieder hinauskletterte.

Wenn Sie meine Meinung wissen wollen: ich glaube, dieser Arzt hat gemerkt, daß Eds Herz nicht mehr arbeitete, und hat ihm eine Spritze gegeben, Adrenalin oder so etwas, und ist dann gleich hinausgegangen.
Ed ist nachher wieder zu sich gekommen und hat durch das starke Medikament genug Kraft gehabt, aufzustehen und an die Tür zu gehen. Als er diese von außen verschlossen fand, kriegte er Angstzustände, krabbelte durchs Fenster, sprang in den ersten besten Wagen und fuhr los.
Es ist ja lachhaft, anzunehmen, daß ein so schwaches kleines Ding wie Myrna den Toten bewegt haben könnte! Und im übrigen: weshalb sollten wir Angst vor einer Obduktion haben? Ed war doch schon längst krank, als wir hinkamen.«
»Wo sind denn seine Sachen?« fragte Mason. »Sein Zeug, sein Gepäck.«
»Die hat der Sheriff in Verwahrsam genommen. Sein Vertreter durchsuchte ja noch alles von Amts wegen, als wir abfuhren. Er hatte auch den Schlüssel zur Kabine, die zugeschlossen wurde. Wir fuhren nach Fresno und haben Sie von dort angerufen. Sie verlangten, wir sollten nach San Francisco fliegen, und das haben wir ja getan.«
»Wo kann nach Ihrer Ansicht Ed Davenport jetzt sein?«
Sie zuckte die Achseln.
»Bestimmt kann er nicht lange im Schlafanzug herumfahren, ohne Geld, ohne Führerschein –«
»Leute, die saufen, machen oft die sonderbarsten Sachen«, sagte Sara Ansel. »Myrna erzählte mir, daß Ed sich manchmal fast wie ein Wahnsinniger benommen hat, wenn er nach einer Sauferei wieder nüchtern wurde.«
»Man wird ihn irgendwo auffangen«, vermutete Mason.
»Selbstverständlich. Der Sheriff hat die Autobahnpolizei alarmiert: Sie sollen auf einen Mann achten, der im Schlafanzug einen Wagen steuert. Auf der Straße kann er sich nicht unsichtbar machen.«
»Meint der Arzt denn, daß er zusammenbrechen wird oder –?«
»Der Arzt hielt ihn für tot«, sagte Mrs. Ansel entschieden.
»Und Davenport hat dem Arzt gegenüber etwas geäußert, woraus er Verdacht auf Myrna geschöpft hat?«

»Offenbar. Er hat ja auch Myrna nach den Pralinen gefragt.«
»Was für Pralinen?«
»Na, Myrna hat mir ja von den Trunksuchtsanfällen erzählt, die Ed plötzlich kriegt. Eigentlich machte er sich aus Konfekt nichts, aber er hatte festgestellt, daß er manchmal, wenn ihn die Gier nach Alkohol packte, durch das Essen von Pralinen über dieses furchtbare Gelüst hinwegkommen konnte.
Da hat er denn wohl – so denke ich's mir – schon vor der Ankunft in Fresno gemerkt, daß ihn die Gier wieder packen wollte, und hat angefangen, Pralinen zu essen. Er hatte für alle Fälle immer welche in seiner Reisetasche.«
»Was für eine Sorte Pralinen war das?« fragte Mason.
»Solche mit flüssigen Füllungen, Likör und Kirschen. Myrna sagt, er hätte manchmal schon, wenn er nur ein paar davon aß, die Gier überwunden. Wenn er aber anfing zu trinken, hörte er nicht auf, bis er durch und durch voll war.«
Mason sagte: »Na schön, ich mache Ihnen jetzt einen Vorschlag. Vorn im Flugzeug sind noch ein paar Plätze frei, dort werde ich mich jetzt mit Miss Street hinsetzen. Ich möchte, wenn wir in Los Angeles ankommen, daß Sie und Mrs. Davenport vor uns aussteigen und mit einem Taxi nach Ihrer Wohnung fahren.«
»Warum? Weshalb nicht mit dem Flughafenauto bis ins Zentrum fahren und dann dort ein Taxi nehmen?«
Mason schüttelte den Kopf. »Ich möchte eben nicht, daß Sie dieselbe Strecke fahren wie der Kurswagen, sondern ein Taxi nehmen.«
»Warum denn?«
»Weil ich sehen will, ob Sie verfolgt werden«, erklärte er ihr.
»Weshalb sollte man *uns* wohl verfolgen?«
»Weil man Sie schon bis nach San Francisco beobachtet haben kann und der Sheriff in Fresno Sie vielleicht im Auge behalten will.«
»Warum sollte er das? Was geht ihn die Sache an? Das ist ja wirklich grotesk! Schließlich können sie, wenn Ed Davenport eine Saufpartie gemacht und irgendein Flittchen ihm ein Betäubungsmittel eingeflößt hat, doch nicht Myrna dafür zur Rechenschaft ziehen!«
»Vielleicht gehen sie von ganz andern Gesichtspunkten aus«,

sagte Mason. »Nach dem, was Sie mir erzählten, ist der Mann gesundheitlich doch in sehr schlechtem Zustand. Nach den Worten von Dr. Renault muß er unter einer Schockwirkung gelitten haben, und zwar einer so heftigen, daß der Arzt ihn tatsächlich für tot hielt. Angenommen, Davenport steuert nun im Pyjama im Auto durch die Gegend, so kann er doch in dieser Verfassung leicht zusammenbrechen oder sterben oder in einen Verkehrsunfall verwickelt werden. Wenn er verletzt wird, können auch geringere Verletzungen tödlich werden, weil er kaum noch Widerstandskraft hat.«

»Und wenn, dann sehe ich immer noch nicht ein, inwiefern man uns dafür verantwortlich machen will, daß er dort aus dem Fenster geklettert ist! Das war Schuld des Arztes. Ed befand sich in diesem Erschöpfungszustand oder unter Schockwirkung oder was es gewesen sein mag, und da hat ihm der dämliche Doktor Adrenalin oder so etwas direkt ins Herz gespritzt. Das wirkt ja wie Dynamit! Man tut das doch nur bei Sterbenden, und erst, wenn auch die letzte Hoffnung dahin ist. Als letzten, verzweifelten, fast aussichtslosen Versuch. Man sollte meinen, dieser Idiot hätte soviel Vernunft gehabt, sich zu überzeugen, ehe er den Raum verließ!«

Mason nickte nachdenklich.

»Wir sitzen ja nun in einer reizenden Patsche«, fuhr sie fort. »Und Sie haben, als Sie in Paradise waren, geglaubt, Ed sei tot. Stellen Sie sich bloß vor, was hätte passieren können, wenn er gerade dorthin gefahren wäre und Sie beim Stöbern in seinen Sachen überrascht hätte! So verrückt wie der war, hätte man sich aufs Schlimmste gefaßt machen müssen! Wir hatten furchtbare Angst, daß Sie dort Unannehmlichkeiten haben könnten.«

»Hatte ich«, sagte Mason.

»Inwiefern denn?«

»Nichts besonders Schlimmes«, beruhigte er sie. »Das werde ich Ihnen beiden erzählen, sobald ich gesehen habe, was geschieht, wenn wir in Los Angeles gelandet sind. Inzwischen seien Sie nur unbesorgt und versuchen Sie, Mrs. Davenport zu trösten.«

»Oh, der geht's schon wieder gut. Aber tun müssen wir etwas für sie, Mr. Mason. Ich bin fest überzeugt, daß Ed Davenport ihr Geld größtenteils schon verbraucht hat. Sie ist nicht im geringsten auf Geld versessen, wenn sie nur ihre Blumen züchten kann und –«

»Wieviel ist denn von dem Nachlaß Delano schon zur Verteilung gekommen?« unterbrach Mason sie.

»Nun, ein Teil ist schon ausgezahlt worden, und fortwährend kommt neues Geld zusammen. Aber darüber hinaus hat Ed Davenport noch Geld aufgenommen durch einen Wechsel, den Myrna mitunterzeichnet hat. Er sagte ihr, das sei bloß eine Formsache, aber mich kann er damit nicht dumm machen. Ich bin nicht von gestern und kenne die Männer!«

»Das kann man wohl behaupten«, sagte Mason, »aber wir wollen uns vorläufig nicht aufregen, bis wir in Los Angeles sind. Dann steigen Sie in ein Taxi und fahren nach Hause, und wenn es da nichts Neues gibt, kommen Sie heute nachmittag um 2.30 Uhr in mein Büro.«

Er stand auf, tippte Della auf die Schulter und führte sie zu den zwei Vorderplätzen.

»Na?« fragte Della Street, als er sich neben sie gesetzt hatte.

»Haben Sie die Geschichte mitgekriegt?« fragte er.

»Zum größten Teil«, erwiderte sie. »Ed Davenport ist anscheinend auf einer seiner Kneiptouren gewesen. Er wurde krank und fiel in Ohnmacht. Der Arzt gab ihm eine Spritze, worauf er zu sich kam, die Tür verschlossen fand und dachte, es hätte ihn jemand eingesperrt. Er kletterte aus dem Fenster, bestieg ein Auto, das ihm nicht gehörte, und brauste in die Gegend.«

»In welche Gegend?« fragte Mason.

»Wahrscheinlich Richtung Heimat.«

»Aber doch nicht während die gesamte Autobahnpolizei nach einem im Pyjama fahrenden Mann fahndet.«

»Na, was stellen Sie sich also vor?« fragte sie.

Mason lächelte. »Ein wenig hängt von den Ermittlungen Paul Drakes über dieses Motel in San Bernardino ab, und sehr viel von dem, was geschieht, wenn wir nach Los Angeles kommen.«

»Sie glauben, daß man die Frauen schon bis San Francisco verfolgt hat?«

Mason nickte. »Immerhin könnten wir uns, bis wir landen, noch ein paar Minuten Schlaf gönnen.« Damit drückte er auf den Knopf, der den Sessel in eine bequeme Schräglage kippte.

5

Mason und Della Street beobachteten, wie Sara Ansel und Myrna Davenport das Flughafengebäude verließen und in ein Taxi stiegen, das über den Anfahrtsweg in den Verkehr einbog. Ein schlichter Wagen mit hoher Antenne löste sich von seinem Parkplatz und schwenkte hinter dem Taxi ein.

»Na, das sagt mir genug«, bemerkte Mason.

»Polizei?« meinte Della.

Er nickte.

»Worauf warten die denn noch? Ich meine: weshalb haben sie die beiden nicht einfach verhaftet?« fragte Della.

»Versuchen erst, einen Zusammenhang zwischen den Vorgängen klarzustellen.«

»Und was tun wir dabei?«

»Wir nehmen uns jetzt zwei Taxis.«

»Zwei?«

Mason nickte wieder.

»Wäre es nicht billiger, zusammen eins zu nehmen?«

»Billiger schon«, gab Mason zu, »aber es würde weniger Verwirrung stiften.«

»Und was werden Sie nachher tun?«

»Und Sie, was wollen Sie inzwischen tun?«

»Baden, mich rasieren, umziehen und abwarten, was passiert«, sagte Mason.

»Meinen Sie denn, daß etwas passieren wird?«

»Würde mich nicht sehr überraschen.«

»Was denn?«

»Na, es könnte sein – könnte –, daß ich zum Motel Pacific Palisades in San Bernardino fahre.«

»Warum?«

»Vielleicht weiß der Mann in Abteil 13 etwas über Ed Davenport.«

»Oh, oh«, sagte sie. »Angenommen, das träfe zu – was dann?«

Mason sagte: »Vielleicht rede ich mit ihm. Um den roten Faden zu finden.«

»Dann werden Sie ja gar nicht zum Schlafen kommen?«

»Wenn ich da hinfahre, nicht, aber ich werde auch nur hinfahren, wenn mir Paul Drake meldet, daß das Abteil besetzt ist.«
»Und weshalb nehmen Sie mich nicht mit?«
Er schüttelte energisch den Kopf. »Sie, junge Dame, werden ein hübsches Nickerchen machen. Von jetzt an wird es vielleicht stürmisch zugehen.«
Er winkte ihr kurz zum Abschied, als sie in ein Taxi stieg, dann blieb er noch stehen, reckte sich gähnend und betrachtete den über der Stadt erleuchteten Himmel.
Wieder hatte sich ein unauffälliger Wagen mit Antenne aus dem Parkplatz vorgeschoben. Er folgte dem Taxi, das Della Street nach Hause brachte.
Jetzt nahm sich Mason ein Taxi.
Vor seinem Appartementhaus angekommen, bezahlte er den Fahrer, ging in seine Wohnung und nahm ein Bad. Noch im Bademantel rief er die Detektivagentur Drake an.
Das Fräulein vom Nachtdienst meldete sich.
»Hier Perry Mason«, sagte er. »Paul Drake liegt vermutlich in süßem Schlummer?«
»Er hat sich bis lange nach Mitternacht im Büro aufgehalten. Falls Sie anriefen, sollten wir Ihnen die Berichte übermitteln, die aus San Bernardino eingelaufen sind.«
»Dann mal los«, sagte Mason.
»Abteil 13«, trug das junge Mädchen ihm vor, »wurde laut Bericht von unserem Agenten Sonntag abend von Fresno aus telefonisch bestellt, unter dem Namen Frank L. Stanton, von einem Mann, der erklärte, daß er Montag spät abends ankommen würde, und besonders darum ersuchte, die Kabine unverschlossen zu lassen, damit er nicht wegen des Schlüssels jemand zu wecken brauche. Vielleicht käme er sogar erst um zwei oder drei Uhr Dienstag morgen und benötige das Logis für zwei Tage. Er erkundigte sich nach dem Preis – sechs Dollar pro Tag – und sagte, er werde zwölf Dollar für zwei Tage gleich telegrafisch anweisen.«
»Wurde das gemacht?« fragte Mason.
»Ja.«
»Und Stanton selbst?«
»Bis vor einer halben Stunde, als unser Mitarbeiter den Bericht

durchgab, war Stanton noch nicht angekommen, aber wir haben hier noch einen Vorgang, der Sie interessieren dürfte.«
»Und das wäre?«
»Es befaßt sich noch ein Detektivbüro mit der Sache.«
»Stanton zu überwachen?«
»Es scheint so, ja.«
»Welche Agentur?«
»Genau wissen wir das noch nicht, glauben aber, daß es Jason L. Beckemeyer ist, ein Privatdetektiv in Bakersfield.«
»Wie identifizierten Sie den Mann?« fragte Mason.
»Nach der Nummer seines Autos.«
»Anhaltspunkte, worauf er aus ist?«
»Anscheinend versucht er nur ausfindig zu machen, wer das Abteil 13 bezieht.«
»Ihre Leute meinen also, daß er speziell dieses Abteil überwacht?«
»Mit Sicherheit behaupten können sie das nicht, glauben es aber. Die andern Abteile sind alle bewohnt.«
»Lassen Sie Ihre Leute weitermachen«, sagte Mason. »Schicken Sie noch einen Agenten los, um Beckemeyer zu beschatten. Sobald der seinen Beobachtungsposten verläßt, wird er vermutlich telefonisch Bericht erstatten. Ich möchte gern festgestellt wissen, welche Nummer er anruft. Er wird von einem Münzautomaten sprechen, vielleicht kann Ihr Agent da was machen.«
»Wir werden's versuchen.«
»Ja, tun Sie das«, sagte Mason. »Übrigens habe ich noch etwas. Ich arbeite an einer Sache, in die ein gewisser Ed Davenport verwickelt ist. Der soll gestern in Crampton gestorben sein. Das Dumme bei dem Fall ist nur, daß seine Leiche aus dem Fenster geklettert und davongefahren ist.
Es ist wichtig, festzustellen, wo er am Abend vor seinem angeblichen Tod gewesen ist und was er gemacht hat. Wahrscheinlich ist er in Fresno gewesen. Die Polizei wird sich um den Fall zunächst nur oberflächlich kümmern, indem sie zu ermitteln sucht, wo Edward Davenport für die Nacht registriert war, und wird voraussichtlich gar nichts erreichen, da er sicher einen andern Namen benutzt hat.
Das Motel gibt uns einen Hinweis auf den vermutlich benutz-

ten Namen: Frank L. Stanton.
Mit dieser Kenntnis könnten wir der Polizei gegenüber einen Vorsprung gewinnen. Lassen Sie Ihren Agenten in Fresno Auskünfte über Frank L. Stanton sammeln. Wenn es sein muß, setzen Sie ein Dutzend Leute auf seine Fährte. Ich brauche schnelle Resultate und wünsche, daß die Sache strikt geheimgehalten wird. Geht das?«
»Das geht«, antwortete das junge Mädchen. »In Fresno haben wir tüchtige Mitarbeiter.«
»Okay, ich werde so ungefähr um zehn in meinem Büro sein«, sagte Mason. »Wenn vorher etwas Wichtiges passiert, rufen Sie mich in meiner Wohnung an.«
Er rasierte sich, trank ein Glas Milch, legte sich mit der Morgenzeitung auf sein Kanapee, deckte sich zu, las etwa eine Viertelstunde und fiel langsam in Schlaf, aus dem ihn das scharfe, anhaltende Klingeln des Telefons weckte.
Da nur Paul Drake und Della Street seine geheime Privatnummer kannten, ergriff Mason den Hörer und sagte »Hallo?«
Paul Drakes Stimme klang ihm schneidend scharf ins Ohr. »Meistens reißt ja du mich aus dem schönsten Schlaf, Perry. Jetzt ist's mal umgekehrt.«
»Schieß los«, sagte Mason. »Hoffentlich ist es wenigstens was von Bedeutung.«
»Ist es. Meine Nachttelefonistin hat mir gesagt, daß du den Fall Ed Davenport behandelst.«
»Na, und?«
»Myrna Davenport ist verhaftet und wird in einer Mordsache verhört.«
»Mord an wem?«
»Zwei Morde. Ed Davenport, ihr Mann, und Hortense Paxton, ihre Kusine.«
»Wie kommt das?«
»Vorgestern wurde auf geheimen Befehl eine Leiche exhumiert, und zwar die von Hortense Paxton. Sie war die Nichte von William C. Delano. Starb kurze Zeit vor ihm und ...«
»Ja, ja, das ist mir alles bekannt«, unterbrach Mason. »Los, was kommt noch dazu?«
»In der Leiche wurde Arsenik in einer Menge gefunden, die ein

Pferd umgelegt hätte. Es scheint außer Zweifel, daß sie an Arsenikvergiftung gestorben ist, obwohl ein Arzt Tod durch natürliche Umstände bescheinigt hat.«
»Und was ist mit Mrs. Davenport?«
»In Haft genommen zwecks Vernehmung über diesen Mord, und außerdem auf Anweisung aus Fresno wegen Ermordung ihres Mannes.«
»Hat man seine Leiche gefunden?«
»Die des Ehemannes?«
»Ja.«
»Noch nicht, aber man hat in diesem Zusammenhang anscheinend neue Indizien entdeckt. Anfangs wurde angenommen, der Arzt hätte sich geirrt. Er ist verhört worden, bleibt aber bei seinen Behauptungen und scheint überzeugt zu sein, daß der Mann ermordet wurde.«
»Dann kletterte der Tote aus dem Fenster, setzte sich ans Steuer eines fremden Autos und brauste ab«, sagte Mason. »Ein sehr energischer Leichnam, wenn du meine Ansicht wissen willst.«
»Na, ich kenne ja nicht alle Einzelheiten und berichte dir bloß, was ich weiß.«
»Wo steckt Mrs. Davenport jetzt?«
»Wurde hier in der Stadt verhaftet, könnte aber auch inzwischen im Flugzeug nach Fresno gebracht worden sein, um dort verhört zu werden.«
»Habt ihr irgend etwas über Davenport ermittelt?«
»Noch nicht, aber wir sind dahinter her. Das Problem ist, Perry, daß die Sache anfängt, dir persönlich auf den Pelz zu rücken, so daß du vielleicht ein paar Kratzer in Kauf nehmen mußt.«
»Schieß los«, sagte Mason.
»Davenport hatte bekanntlich das Büro für seine Grubengesellschaft in Paradise, daher rief die Polizei den Sheriff des Bezirkes Oroville an, der nach Paradise fuhr, um eine Untersuchung einzuleiten.
Der fand dann heraus, daß du gestern abend dort gewesen bist und anscheinend den Besitz im Interesse der Witwe schon beschlagnahmt hast. Es gab dort einen von Davenport hinterlassenen Brief, der im Fall seines Todes geöffnet werden sollte.

Beim Sheriff haben sie den Brief aufgemacht und in dem Kuvert sechs unbeschriebene Bogen Papier gefunden. Woraufhin sie das Kuvert einem Sachverständigen vorlegten, der behauptet, daß es innerhalb der letzten vierundzwanzig Stunden mit Wasserdampf geöffnet worden ist und mit Klebstoff wieder verschlossen wurde.
Du kannst dir nun deine Situation wohl vorstellen, deshalb habe ich dich aufgeweckt und sage dir Bescheid, weil du vielleicht in die Lage kommst, peinliche Fragen beantworten zu müssen.«
»Wann?«
»Sobald sie wissen, wo sie dich finden. Sie glauben, du hättest entdeckt, daß man deine Klientin des Giftmordes beschuldigt, hättest den Originalbrief vernichtet und statt dessen die leeren Bogen in das Kuvert gepackt.«
»Wurde Mrs. Davenport offiziell verhaftet?«
»Jawohl.«
»Und was ist mit Sara Ansel?«
»Keine Beschuldigung gegen sie erhoben. Ich soll dir von Della Street noch sagen, daß Mrs. Ansel ihr sozusagen das Büro stürmt und sie sie bis jetzt hingehalten hat.«
»Della? Ist sie denn im Büro?« fragte Mason.
»Schon früh und munter«, erwiderte Drake. »Hat um neun deinen Laden aufgemacht.«
Mason sagte: »Kannst ihr melden, daß ich in zwanzig Minuten im Büro bin.«
»Vorausgesetzt, man holt dich vorher nicht von Amts wegen zur Vernehmung«, warnte ihn Drake.
Mason zog sich rasch an, verließ das Haus durch eine Hintertür und beeilte sich, ins Büro zu kommen. Einen Moment blieb er vor der Tür zu Drakes Detektivagentur stehen, entschied sich aber, erst mit Della Street zu sprechen, und schritt schnell durch den Korridor. Er schloß die Tür zu seinem Privatbüro auf und ging hinein.
Della, die ihn eintreten sah, hielt warnend einen Finger an die Lippen, machte schnell die Tür zum Archivraum und dem anschließenden Büro zu und sagte leise: »Chef, wir haben den Bären beim Schwanz.«

»Inwiefern?«
»Warten Sie, bis Sie Sara Ansel gehört haben.«
»Was ist denn mit der?«
»Kriegt bald Tobsuchtsanfälle.«
»Warum?«
»Hat plötzlich erkannt, daß Myrna Davenport nicht so ein sanftes, harmloses kleines Wesen ist, wie sie glaubte.«
»Woran hat sie das erkannt?«
»Das möchte sie Ihnen selbst berichten. Chef, Sie sind ja eigentlich gar nicht verpflichtet, Mrs. Davenport in dieser Sache zu vertreten. Übernommen haben Sie doch nur ihre Vertretung in der Nachlaßfrage und ...«
Mason schnitt ihr durch Kopfschütteln das Wort ab. »Wenn ich einen Klienten annehme, fechte ich seine Sache ganz durch.«
»Weiß ich ja«, meinte sie, »aber – na, reden Sie lieber erst mit Sara Ansel.«
»Wie sieht die Geschichte aus?«
»Schlecht.«
»All right, nehmen wir an, Myrna wäre schuldig«, sagte er, »dann hat sie zumindest Anspruch auf eine gerechte Vertretung ihres Standpunkts, Anspruch auf sachliche Verhandlung vor Gericht und alle ihr laut Verfassung zustehenden Rechte. Hat Anspruch, den Belastungszeugen gegenübergestellt zu werden und deren Kreuzverhör zu verlangen. Ich habe das unbestimmte Gefühl, daß dieser Fall nicht so schwarz liegt, wie es aussieht.«
»Ist auch kaum denkbar«, sagte Della Street. »Wollen Sie jetzt mit Mrs. Ansel sprechen?«
»Führen Sie sie herein. Warum haben Sie übrigens nicht geschlafen, Della?«
»Weil ich auf dem Posten sein wollte, damit Sie sich etwas Ruhe gönnen konnten. Ich kann später ein Mittagsschläfchen machen. Wenn Sie nun persönlich in die Sache verwickelt werden, dann haben Sie mehr als genug um die Ohren. Es laufen auch noch etliche Ferngespräche mit Voranmeldung für Sie, unter anderem vom Staatsanwalt des Bezirks Butte, zu dem Paradise gehört.«
»Nun mal alles hübsch der Reihe nach«, sagte Mason. »Vorläufig habe ich eine Konferenz und darf nicht gestört werden,

klar? In einer halben Stunde stehe ich zur Verfügung. Jetzt wollen wir erst mal hören, was Mrs. Ansel vorzubringen hat.«
Della verließ das Privatbüro und kam mit Sara Ansel wieder herein, die sich gar keine Mühe mehr gab, besonders adrett auszusehen. Ihr Gesicht wirkte verhärmt und müde, ihr Make-up war nur flüchtig aufgetragen, und man sah ihr an, daß sie nicht geschlafen hatte.
»Mr. Mason«, begann sie, während sie auf ihn zuschritt und seine Hand buchstäblich packte, »Sie *müssen* etwas unternehmen! Wir müssen uns aus dieser Sache herausziehen. Es ist ja furchtbar!«
»Nehmen Sie Platz und beruhigen Sie sich erst«, forderte er sie auf. »Erzählen Sie mir ohne Umschweife, was passiert ist.«
»Nie kann ich mir das verzeihen! Wie konnte ich nur so dämlich sein. Erst lasse ich mir von dieser durchtriebenen Person Sand in die Augen streuen und ... und dann ziehe ich noch Sie mit in die Bescherung. Ich bildete mir ein, Menschenkenntnis zu haben, und in der verhältnismäßig kurzen Zeit, die ich Myrna kenne, habe ich das Frauenzimmer wie eine Tochter betrachtet. Sie kam mir so hilflos vor, so ausgebeutet und so schrecklich unfähig, ihr eigenes Leben zu meistern. Und wenn ich bedenke, was nun geschehen ist!«
»Weiter«, sagte Mason, »keine großen Pausen.«
»Also ich sage Ihnen: dieses Weib ist die reinste Lukrezia Borgia! Eine raffinierte Giftmischerin, eine Mörderin.«
»Bitte, geben Sie mir doch die Tatsachen«, verlangte Mason, indem er sich so zurechtsetzte, daß er Sara Ansel genau beobachten konnte.
»Also zunächst mal: der Leichenbeschauer hat die Leiche von Hortense Paxton exhumieren lassen«, berichtete sie. »Er hat festgestellt, daß sie vergiftet worden ist. Und das hat Myrna Davenport getan.«
»Wann haben Sie das alles erfahren?«
»Es ging gleich los, als wir wieder nach Hause kamen. Unter der Tür lag ein Zettel, daß ein Telegramm da wäre. Myrna rief das Telegrafenbüro an, und es war anscheinend ein Bekannter von ihr, der das Telegramm geschickt hat und sie bat, sofort bei ihm anzurufen, einerlei ob am Tag oder nachts.«

»Weiter«, sagte Mason.
»Myrna tat wie geheißen, und dieser Bekannte erklärte ihr, der Leichenbeschauer hätte die Leiche ausgraben lassen und entnähme Proben aus dem Magen und anderen Organen zur chemischen Analyse.«
»Und was sonst?«
»Glauben Sie mir, Mr. Mason, noch nie im Leben bin ich so entgeistert gewesen vor Schrecken«, sagte Mrs. Ansel. »Myrna stand nach dem Anruf so ernst und still und bescheiden vor mir, wie ein Mensch nur sein kann, und dann sagte sie: ›Tante Sara, ich möchte vor dem Schlafengehen noch ein bißchen im Garten arbeiten!‹«
Mason zog die Brauen hoch.
»Als Gärtnerin ist sie ja wirklich großartig«, erklärte Sara Ansel, »aber – warten Sie, bis Sie erst gehört haben, *was* dieses Frauenzimmer gemacht hat!«
»Ich warte ja«, sagte Mason.
»Ich war einfach erledigt«, fuhr Mrs. Ansel fort. »Bin ja auch nicht mehr jung und elastisch genug, um diese Hetzreisen hierhin und dorthin mitzumachen und die Aufregungen mit Nachtflügen und was noch alles. Ich war fertig und zum Umfallen müde. Ich ging rauf in mein Zimmer, duschte, und da – ach so, ich müßte erst noch erklären, daß das Zimmer im ersten Stock liegt und man von dort über den Patio nach hinten Aussicht auf das Grundstück hat – na, und bei *was* glauben Sie wohl, habe ich da Myrna beobachten können?«
»Was tat sie denn?« fragte Mason ungeduldig.
»Seelenruhig grub sie da ein Loch, ein sehr tiefes Loch. Aber nicht etwa als Gartenarbeit!«
»Weiter.«
»Und gerade wie ich sie so beobachte, nimmt sie ein paar kleine Päckchen in Papier, so kleine Papiertüten, wirft die in die Grube und fängt an, sie mit Erde zu bedecken. Als sie das Loch wieder zugeschüttet hatte, setzte sie den abgehobenen Rasen wieder säuberlich darüber, daß alles schön glatt und harmlos aussah.«
»Und dann?«
»Also, ich hatte die ganze Zeit am Fenster gestanden und sie

beobachtet. Ich mische mich ja sonst nicht in fremde Angelegenheiten, Mr. Mason, bin aber schließlich nicht minder neugierig als jeder normale Mensch mit gesundem Verstand.«

»Was haben Sie dann getan?«

»Ich ging nach unten und ertappte die kleine Heuchlerin gerade noch, ehe sie den Spaten wegtun konnte.«

»Und?«

»Ich fragte sie, was sie da gemacht hätte, und sie antwortete mir, wenn sie nervös sei, beschäftigte sie sich immer gern mit ihren Blumen und hätte eben den Boden um einige Pflanzen herum etwas aufgelockert. Jetzt sei ihre Nervosität behoben und sie könnte sich hinlegen und zwölf Stunden durchschlafen.«

»Und was sagten Sie zu ihr?«

»Ich bat sie, mir zu zeigen, wo sie gegraben hatte, aber da meinte sie, das sei unwichtig und ich sollte doch ins Haus gehen und schlafen.«

»Und dann?«

»Ich verlangte die Stelle zu sehen, wo sie gegraben hatte, und sagte deshalb, ich möchte gern sehen, wie sie das gemacht hätte.«

»Und?«

»Sie hatte auf mich immer den Eindruck einer harmlosen Person gemacht, Mr. Mason, einer kleinen schüchternen Frau, die sich von jedem herumstoßen ließ, aber *nun* hätten Sie sie sehen sollen! Hartnäckig, sage ich Ihnen, wie eine Steinmauer. Angesehen hat sie mich nicht, aber auch um keinen Deut nachgegeben. In ihrem leisen Ton sagte sie, es sei wirklich nicht wichtig, ich wäre durch den Nachtflug aufgeregt und mit den Nerven herunter und sollte wieder ins Haus gehen.«

»Nun, und dann?«

»Na, da kam ich erst recht heraus und fragte sie, weshalb sie mich anlöge. Und warum sie das Loch gegraben hätte. Darauf sagte sie, sie hätte gar keins gegraben.«

»Was taten Sie dann?«

»Ich riß ihr den Spaten aus der Hand, ging durch den Innenhof und über den Rasen nach der Stelle, wo sie gegraben hatte. Und nun war sie zum erstenmal bereit, zuzugeben, was sie gemacht hatte, aber sie schämte sich keine Spur und sprach so leise und monoton wie immer. ›Tu das nicht, Tante Sara‹, sagte sie, und als ich sie fragte, warum nicht, da sagte sie: ›Weil ich mir soviel Mühe gegeben habe, den Grasboden wieder daraufzulegen, damit es nicht auffällt. Wenn du nun nachgräbst, wird es deutlich zu erkennen sein, daß da etwas vergraben liegt.‹ Da fragte ich sie, was sie eigentlich vergraben hätte, und was denken Sie, bekam ich zur Antwort?«

»Nun?«

»Kleine Päckchen Arsenik und Zyankali. Ist das etwa nicht reizend?«

»Weiter«, sagte Mason.

»Na, das raffinierte Ding hatte den Nerv, ruhig stehenzubleiben und mir zu erklären, sie hätte Experimente mit verschiedenen Spritzmitteln gegen Pflanzenschädlinge gemacht, und dabei befänden sich auch einige ›aktive Substanzen‹ – wie sie das nannte –, die sehr giftig wären. Das Arsenik hätte sie gekauft, das Zyankali sich zum Teil aus dem Laboratorium der Bergwerksgesellschaften ihres Mannes beschafft. Für mehrere Arten von Pflanzenschädlingen hätte sie verschiedene Mischungen zum Spritzen ausprobiert und nun Angst gekriegt, über die Beschaffung der Gifte verhört zu werden, sobald jemand sie vielleicht bespitzelte und in dem Zusammenhang an Gift denken könnte. Unter diesen Umständen hätte sie es für richtiger gehalten, sich von dem Zeugs zu befreien.«

»Was taten Sie nach diesen Erklärungen?« fragte Mason.

»Ich glaube, ich muß mich auf Geistesstörungen untersuchen lassen: ich habe ihr geglaubt! Da sie die ganze Zeit in so ruhigem, sanftem und ernstem Ton gesprochen hatte, ohne die geringste Aufregung, ließ ich mich überzeugen. So weit, daß sie mir allmählich schon wieder leid tat. Ich sagte, ich könne das gut begreifen, legte den Arm um sie, und wir begaben uns wieder ins Haus. Ich ging nach oben und gleich zu Bett, und als ich gerade am Einschlafen war, klopfte es heftig an meine Tür: Es war die Haushälterin, die mir mitteilte, daß ein Beamter da wäre, der uns sofort in einer äußerst wichtigen Angelegenheit zu sprechen wünschte.«

»Und was war das für eine wichtige Angelegenheit?«

»Anscheinend hatte der Chemiker in Horties Leiche Arsenik

entdeckt, und der District Attorney wollte Myrna vernehmen.«
»Und was geschah dann?«
»Sie nahmen Myrna mit zum Amtsraum des Staatsanwalts.«
»Und Sie?«
»Mit mir wurde gar nichts gemacht«, antwortete Mrs. Ansel. »Ich wurde gefragt, wie lange ich schon im Hause sei, und das sagte ich. Nachdem ich noch ein paar Fragen beantwortet hatte, ging der Beamte mit Myrna weg.«
»Wie hielt sie sich dabei?« fragte Mason.
»Wie sie sich immer verhält«, erwiderte Sara, »ruhig und sacht wie ein Mäuschen, ohne lauter zu sprechen als sonst. Sie sagte, sie sei gern bereit, mit zum District Attorney zu gehen, aber eigentlich hätte sie lieber erst ein bißchen schlafen wollen, denn sie sei ja wegen der Erkrankung ihres Mannes die ganze Nacht auf gewesen.«
»Und?« drängte Mason.
»Das ist alles, was ich weiß. Sie wurde mitgenommen. Ich aber begann zwei und zwei zusammenzuzählen und auch über die Pralinen nachzudenken, die Ed Davenport in der Reisetasche bei sich trug. Sie hatte mir nämlich erzählt, daß sie jedesmal, wenn Ed verreiste, ihm die Tasche packte. Er wäre hilflos in diesen Sachen, könnte sein Zeug nicht richtig zusammenlegen und so weiter.«
»Das ist nichts Ungewöhnliches«, sagte Mason, »das tun sogar die meisten Frauen für ihre Männer.«
»Ich weiß, aber es bedeutete doch, daß sie auch die Pralinen für ihn eingepackt haben mußte, deshalb habe ich mich im Hause ein bißchen umgesehen, als sie fort war. Ich fing an, mir so Verschiedenes anzusehen und ...«
»Was suchten Sie denn speziell?«
»Oh, nur Sachen, die zur Aufklärung dienen könnten.«
»Gingen Sie in ihr Zimmer?«
»Gewiß, ja.«
»Und fanden Sie etwas?«
»Ich fand in ihrem Schreibtisch eine Schachtel Pralinen, die so aussahen wie die Sorte, die Ed Davenport auf seine Reisen mitnimmt – diese Kirschen in Schokolade, mit der süßen Flüssigkeit. Sie ißt selbst gern Süßigkeiten. Mir fiel ein, daß zwei

Schachteln von derselben Sorte im Wohnzimmer gelegen hatten, und Myrna mich *immerfort* gebeten hatte, ich sollte ihr helfen, sie aufzuessen. Ich hatte nur zwei genommen, weil ich meine schlanke Linie behalten will. Immerhin können Sie ja nun erkennen, was dahintersteckt – die ganze Bedeutung dieser Dinge.

Du lieber Himmel, wenn sie nun versucht hätte, *mich* zu vergiften! Angenommen, daß eine der Pralinen, die sie mir anbot, vergiftet war! Mir muß das Schicksal die Hand geführt haben, daß ich die richtigen nahm.

Wenn ich jetzt zurückdenke, wird mir klar, daß das raffinierte Ding mir von Anfang an Sand in die Augen gestreut haben muß. Ich kann mich nun wieder an eine Menge Kleinigkeiten erinnern, die mir damals gar nicht der Beachtung wert schienen, sich jetzt aber alle deutlich zusammenreimen wollen. Sie ist eine Mörderin, eine Giftmischerin, eine richtige Lukrezia Borgia!«

Mason überlegte einige Sekunden, dann sagte er: »Erlauben Sie mir ein paar Fragen. Soweit mir klar geworden ist, waren Sie beide doch während ihres ganzen Aufenthalts in Crampton ständig zusammen? Sie hatten . . .«

»Oh, nein, das stimmt nicht. Während ich ein Bad nahm, ist sie allein bei Ed gewesen. Und dann – kurz nachdem der Arzt uns mitgeteilt hatte, Ed sei gestorben, und er die Tür zugeschlossen hatte, ging ich zum Telefon, um Sie anzurufen. Ich entsinne mich jetzt auch, daß ich Myrna mit einem Mann reden sah, als ich zur Kabine zurückging. Sie trennten sich dann. Ich hatte dabei nichts Besonderes gefunden, sondern dachte mir nur, es könnte einer der anderen Gäste sein, der ihr sein Beileid aussprach, aber jetzt weiß ich, daß es ein Komplize gewesen sein kann. Er ist wahrscheinlich durchs Fenster in die Kabine gestiegen und kam, nachdem er drin war, auf den schlauen Gedanken, einen Schlafanzug anzuziehen. Dann muß er den toten Ed aus dem Fenster hinausgeschoben und in sein eigenes Auto gebracht haben. Wartete dann noch, bis er sicher war, daß er beobachtet wurde, stieg wieder aus dem Fenster und fuhr mit seinem Wagen ab.«

»Ihre Gefühle scheinen sich ja sehr plötzlich gewandelt zu haben«, bemerkte Mason.

»Na, das kann ich wohl behaupten! Ist denn das ein Wunder? Mir sind die Schuppen von den Augen gefallen, Mr. Mason.«
»Vielen Dank, daß Sie mir alles berichtet haben.«
»Was werden Sie nun tun?« fragte Sara Ansel.
»Das weiß ich noch nicht.«
»Schön, aber *ich* weiß, was ich tun werde! Ich halte mich aus der Sache raus, denn ich muß meinen guten Namen und meinen Ruf wahren.«
»Verstehe«, sagte Mason. »Vermutlich werden Sie sich also auch von der Polizei fernhalten?«
»Ich selbst werde nicht zur Polizei gehen, aber ihr bestimmt auch nicht ausweichen, wenn sie zu mir kommt.«
»Und was werden Sie dann über mich aussagen?« fragte er.
»Sie meinen, weil Sie nach Paradise gefahren sind, um den Brief zu holen?«
Mason nickte.
Sie begegnete seinen Augen mit einem Blick grimmiger Entschlossenheit. »Die *Wahrheit*!«
»Hatte ich mir beinah schon gedacht«, sagte Mason trocken.
»Ihre Art der Zusammenarbeit will mir nicht gefallen, Mr. Mason.«
»Ich bin Rechtsanwalt und arbeite nur im Sinne meiner Klienten.«
»Na, so etwas Dämliches!« rief Sara Ansel bissig, stand auf, musterte Mason einen Augenblick und fügte hinzu: »Ich hätte ja wissen sollen, daß ich hier nur meine Zeit vergeude!«
Damit machte sie kehrt und schritt zum Ausgang, riß die Tür auf, blickte über die Schulter zurück und bemerkte noch: »Und *ich* habe *Ihnen* helfen wollen!« Sie verschwand in den Korridor. Mason beobachtete, wie sie die Tür schloß. »Das«, sagte er zu Della Street, »kommt davon, wenn ein Anwalt den ersten besten Bericht als wahr akzeptiert.«
»Was machen wir nun mit dem District Attorney vom Bezirk Butte?« fragte Della.
»Mit dem werden wir jetzt reden. Sagen Sie der Zentrale, daß ich bereit bin, seinen Anruf anzunehmen.«
Della Street machte sich am Telefon zu schaffen und nickte nach einigen Sekunden Perry Mason zu, der seinen Hörer aufnahm

und so kühl wie möglich sagte: »Hier Perry Mason.«
Die Stimme vom andern Ende der Leitung klang etwas forciert, als versuche der Sprecher einen gewissen Mangel an Selbstsicherheit durch übertriebene Lautstärke zu verdecken. »Hier ist Jonathan Halder, Staatsanwalt vom Bezirk Butte. Mr. Mason, ich wollte Sie und Ihre Sekretärin vernehmen über einen Besuch, den Sie in unserem Bezirk gemacht haben. In Paradise.«
»Wirklich?« sagte Mason in herzlichem Ton. »Bin äußerst erfreut, Sie kennenzulernen, Mr. Halder, wenn auch nur telefonisch, obgleich ich nicht weiß, warum Sie den Wunsch haben, uns über eine Sache zu vernehmen, die ich nur als durchaus üblichen geschäftlichen Vorgang bezeichnen kann.«
»Ganz so üblich war sie vielleicht doch nicht«, korrigerte Halder. »Wir können sie nun entweder mit leichter Hand klären oder mit schwerem Geschütz auffahren.«
»Schweres Geschütz, wieso?« fragte Mason.
Halder sprach weiter so forciert laut. »Ich habe natürlich das Recht, die ganze Sache vor das Schwurgericht zu bringen und . . .«
»Welche Sache denn?« fiel Mason ein.
»Wegen der Sie hier oben in der Gegend waren, und die Sie hier getan haben.«
»Du lieber Gott, Mann«, sagte Mason so liebenswürdig, als spräche er mit einem alten Freund, »wenn Sie sich, einerlei aus welchem Grund, amtlich für dies oder jenes interessieren, was Miss Street und ich in Ihrem Bezirk getan haben, werden wir Ihnen mit größtem Vergnügen die gewünschte Auskunft erteilen. Da brauchen Sie sich weder mit dem Schwurgericht noch mit Vorladungszwang zu bemühen oder überhaupt juristische Formalitäten einzuhalten und . . .«
»Na, das freut mich aber mächtig, das zu hören!« unterbrach ihn Halder in ruhigerem Ton, dem die Erleichterung anzumerken war. »Ich glaube, ich habe Sie doch falsch beurteilt. Die Leute hier oben haben nämlich behauptet, Sie seien mit allen Wassern gewaschen und ich müßte, falls Sie sich der Vernehmung entziehen wollten, vielleicht sämtliche Register ziehen, unter Umständen bis zum Haftbefehl.«
Mason warf lachend den Kopf zurück. »Na, na, na! Der Ruf

eines Menschen kann sich in der Ferne verzerren wie eine Luftspiegelung. Wie wichtig ist denn nun die Sache, Mr. Halder? Wann wünschen Sie mich zu sprechen?«

»Wichtig ist sie leider *sehr*, und sprechen möchte ich Sie so bald wie möglich.«

»Im Moment habe ich zwar viel zu tun, kann aber trotzdem mit Miss Street mal rüberkommen«, sagte Mason. »Ich sehe gleich nach. Ja, ich werde ein Flugzeug nach San Francisco erreichen können und dann ...«

»Der Luftverkehr hier in unserer Gegend läßt manches zu wünschen übrig«, entschuldigte sich Halder.

»Macht nichts«, meinte Mason. »Ich habe zu wenig Zeit, um auf fahrplanmäßige Maschinen zu warten. Ich will Ihnen sagen, was ich tue, Halder: bis San Francisco, vielleicht bis Sacramento, fliege ich nach Plan und chartere dann eine Maschine. Haben Sie in Oroville einen Flugplatz?«

»O ja.«

»Also gut, dann werde ich pünktlich um 5.30 Uhr dort landen«, versprach Mason. »Paßt Ihnen das?«

»Sehr gut«, erwiderte Halder und setzte wie zur Entschuldigung hinzu: »Es geht mir wirklich gegen den Strich, einem so vielbeschäftigten Mann seine wertvolle Zeit in Anspruch zu nehmen. Schließlich handelt es sich vermutlich nur um eine relativ geringfügige Sache – ich meine: Sie werden mir sicher leicht Aufklärung geben können –, aber, sehen Sie, man setzt mich erheblich unter Druck und ...«

»Verstehe ich doch«, sagte Mason herzlich. »Nur keine Sorge, Halder, ich tue es ja gern. Werde also mit Miss Street um 5.30 Uhr erscheinen.«

Er legte den Hörer auf und grinste Della an.

»Dem haben Sie aber wirklich zu leicht nachgegeben, Chef«, sagte sie.

»Im Augenblick ist unsere Lage ziemlich brenzlig«, erinnerte er sie. »Ich möchte das Verhör gern so lange wie möglich hinauszögern.«

»Na, und?« sagte Della.

»Und damit meinte ich, daß ich für die *hiesige* Presse, die hiesige Polizei und den hiesigen Staatsanwalt, nicht erreichbar sein will. Ich brauche etwas Zeit, um meine Gedanken zu ordnen, und vor allem auch Zeit, um die Saat aufgehen zu lassen, die wir ausgestreut haben. Möchte erst feststellen, was Paul Drake in Erfahrung gebracht hat.«

»Und zu diesem Zweck«, seufzte Della Street, »eilen Sie schnurstracks dem District Attorney von Butte in die Arme, dem Sie bestimmt gewisse Fragen nicht beantworten dürfen, wenn Sie Ihren Hals nicht in die Schlinge stecken wollen.«

»Nein, je mehr Fragen ich jetzt *hier* beantworten würde, um so leichter würde ich in die Schlinge geraten«, belehrte sie Mason. »Aber lassen Sie jetzt einmal die möglichen Folgen aus dem Spiel, dann wird Ihnen das Schöne an dieser Situation einleuchten, Della.«

»Ich erkenne sehr wohl die Schönheit an dieser Situation und die wundervolle Atempause von fünf bis sechs Stunden«, sagte Della Street, »aber was wird sich abspielen, sobald wir im Bezirk Butte ankommen?«

»Diese Frage beantworten zu können, wünschte ich mir selbst«, gestand Mason.

»Werden Sie etwa Fragen bezüglich unseres Verhaltens in dem Haus in Paradise beantworten?«

»Um Himmels willen, nein.«

»Und wie wollen Sie diese Antworten umgehen?«

»Tja, wenn ich das wüßte!« sagte Mason. »Vielleicht fällt mir unterwegs was ein. Ich brauche nur noch ein paar Minuten, um juristische Einzelheiten nachzuschlagen, und dann rauschen wir ab.«

6

Della Street schaute auf ihre Armbanduhr. »Wir werden auf die Sekunde genau landen«, sagte sie.

Mason nickte.

»Und brauchten nicht einmal sehr zu hetzen.«

»Und«, ergänzte Mason, »brauchten uns nicht ausfragen zu lassen. Bisher kann noch keiner genau festgestellt haben, wo wir sind.«

»Ob die Presse in Los Angeles andeuten wird, daß Sie ausgerückt seien, um der Befragung zu entgehen?« fragte Della.
»Nein. Sie werden ausfindig machen, daß unser Weg nach Oroville führt. Werden die hiesigen Reporter bitten, unseren Fall weiterzuverfolgen und Berichte an die Nachrichtenbüros zu geben. Werden sagen, daß wir vorläufig unerreichbar sind, aber auch erklären müssen, daß wir den Behörden hier im Norden zur Verfügung stehen.«

Das Flugzeug neigte sich nach vorn und ging tiefer.
»Sie aber müssen jetzt sehr schnell überlegen, wie Sie das Antworten vermeiden wollen«, sagte Della.
Er nickte wieder.
»Und wie wollen Sie das machen?«
»Das weiß ich erst, wenn ich die Frage höre.«
Die Maschine zog zum Landen einen Bogen und rollte sanft auf der Startbahn aus.
Eine Gruppe Männer kam im Eilschritt auf das Flugzeug zu. Die Vorhut bildeten Fotoreporter mit ihren Kameras und Blitzlichtern. Hinter ihnen schritt, etwas würdevoller, aber doch hastig, eine Reihe Männer ohne Apparate.
Beim Aussteigen aus der Maschine nahmen Mason und Della Street sehr rücksichtsvoll verschiedene Posen an, um den Fotografen viel Material zu geben.
Nachrichtenreporter nahmen Papier und Bleistifte zur Hand.
Einer schob sich an die Spitze. »Darf ich um Ihren Namen bitten?«
»Perry Mason«, antwortete Mason lächelnd.
»Den vollen Namen bitte.«
»Perry Mason.«
»Vielen Dank«, sagte der Reporter und schüttelte Mason die Hand.
»Ist schon gut«, sagte Mason, dessen Lächeln für einen Moment erstarrte, als er fühlte, daß der Reporter ihm ein kleines gefaltetes Papier in die Hand gedrückt hatte. Schnell schob er die Hand in seine rechte Jackentasche und lächelte dem noch jungen, aber ziemlich dicken Herrn zu, der sich jetzt nach vorn drängte.

»Mr. Halder?« fragte er.
»Ganz richtig. Ich bin der Staatsanwalt, und dies ist der Sheriff unseres Bezirks. Ich habe auch noch einen meiner Stellvertreter bei mir. Wenn Sie nichts dagegen haben, Mr. Mason, möchte ich mit Ihnen gleich ins Amt fahren.«
»Ich stehe Ihnen gern in jeder Weise zur Verfügung«, erwiderte Mason.
»Wir haben einen Dienstwagen hier, mit dem wir Sie hinbringen, um die Besprechung so schnell wie möglich durchzuführen.«
Mason sagte: »Ist mir recht so. Mein Pilot hat die Erlaubnis zum Blindflug und erklärte mir, daß wir zu jeder Nachtzeit zurückfliegen können.«
»Na, das ist erfreulich, und wir wissen Ihre Bereitschaft, uns zu assistieren, durchaus zu würdigen, Mr. Mason«, erklärte Halder. »Ich kann Ihnen gar nicht sagen, *wie* sehr. Wenn Sie sich jetzt mit Miss Street gleich in den Wagen setzen würden?«
»Einen Augenblick«, sagte Mason, »ich müßte vielleicht erst noch ein Telegramm aufgeben.«
Er zog seine Brieftasche, öffnete sie, studierte einen Augenblick ihren Inhalt, dann schob er die rechte Hand in die äußere Seitentasche seines Jacketts, nahm das gefaltete Papier heraus, das der Reporter ihm heimlich zugesteckt hatte, und brachte es unauffällig fertig, es zu entfalten und so in seine offene Brieftasche zu legen, daß er den mit Maschine geschriebenen Text lesen konnte. Er lautete:

»Ich bin Pete Ingram, Reporter für den *Oroville Mercury*. – Mabel Norge, Sekretärin von Ed Davenport, ist verschwunden. Habe sie den ganzen Tag vergeblich gesucht. Kein Mensch im Ort weiß, wo sie ist. Gestern nachmittag hat sie auf der Bank in Paradise fast das ganze Guthaben Davenports abgehoben. Fragen Sie mich nicht, woher ich das weiß, weil es ein Geheimtip war. Ich steckte Ihnen dies zu in der Hoffnung, daß meine Informationen für Sie von Wert sein könnten. Sie dürfen sich erkenntlich zeigen, indem Sie mir auch eine Chance geben.«

Mason klappte seine Brieftasche so zu, daß der Zettel darin blieb, steckte sie wieder ein und blickte über die Köpfe der kleinen Männerschar, bis er dem fragenden Blick Pete Ingrams begegnete. Er nickte ihm ganz unauffällig zu.
»Also, wenn Sie ein Telegramm aufgeben wollen, können wir ja . . .«, begann Halder.
»Oh, das hat eigentlich noch Zeit«, wehrte Mason ab, »wir werden uns ja hier wohl sowieso nicht sehr lange aufhalten?«
»Hoffentlich nicht«, sagte Halder mit Betonung.
Mason und Della Street stiegen in das Auto. Der Sheriff setzte sich vorn neben Halder, der den Wagen steuerte. Der Vertreter des Bezirksamtes, Oscar Glencoe, älter als Halder, saß still und abweisend hinten links, Della Street zwischen ihm und Mason.
Halder fuhr geradenwegs zum Gerichtsgebäude. »Wenn Sie nichts dagegen haben«, sagte er zu Mason, »werden wir das Interview im Büro des Sheriffs abhalten.«
»Jeder Ort ist mir recht«, gab Mason heiter zurück.
Sie stiegen aus. Der Sheriff ging voraus in sein Büro, wo eine genügende Anzahl Stühle um den Schreibtisch gruppiert war. Mason hatte bei der Betrachtung des Raumes das bestimmte Gefühl, es müsse ein Mikrophon eingebaut sein.
»Na, dann nehmen Sie Platz«, forderte der Sheriff die Anwesenden auf. »Jon, Sie wollen gewiß hier am Schreibtisch sitzen, um die Vernehmung zu leiten?«
»Danke«, sagte Halder und setzte sich in den Drehsessel am Schreibtisch.
Auch die andern setzten sich, und Halder wartete mit seiner ersten Frage, bis das Geräusch der scharrenden Stuhlbeine ganz verstummt war – für Mason ein weiterer Hinweis, daß das Gespräch abgehört werden sollte.
Halder räusperte sich, zog ein gefaltetes Schriftstück aus der Tasche, legte es ausgebreitet vor sich auf den Schreibtisch und sagte: »Mr. Mason, Sie und Ihre Sekretärin, Miss Street, sind gestern in Paradise gewesen.«
»Mal überlegen«, sagte Mason, als ob er nachdenken müßte. »War das erst gestern? Doch ja, das stimmt wohl, Herr Staatsanwalt. Seitdem ist soviel geschehen, daß ich zuerst dachte, es

sei vorgestern gewesen. Nein, ich denke, es war gestern. Es war der Zwölfte – Montag. Jawohl.«
»Und Sie betraten das Haus von Edward Davenport am Crestview Drive?«
»Aha«, lächelte Mason liebenswürdig, »ich bemerke, daß Sie Ihre Fragen ablesen, Mr. Halder, und ziehe daraus den Schluß, daß hier eigentlich ein amtliches Verhör stattfinden soll.«
»Macht das denn einen Unterschied?« meinte Halder ebenfalls freundlich.
»Oh, einen beträchtlichen sogar«, erwiderte Mason. »Eine zwanglose Rücksprache ist eine Sache für sich, aber wenn Sie mir formulierte Fragen nach einer sorgfältig präparierten Liste stellen, werde ich mir auch meine Antworten sorgsam überlegen müssen.«
»Inwiefern?« fragte Halder, sofort argwöhnisch. »Ist die Wahrheit nicht so oder so dieselbe?«
»Das schon«, gab Mason ihm recht, »aber nehmen Sie zum Beispiel Ihre vorige Frage. Sie fragten mich, ob ich das Haus von Edward Davenport betreten hätte.«
»Was sich selbstverständlich mit Ja oder Nein beantworten läßt«, sagte Halder mit wachsamer Miene.
»Nein, so einfach ist es nicht«, gab Mason zurück.
»Wieso nicht?«
»Wenn hier ein amtliches Verhör erfolgen soll, werde ich sehr darauf achten müssen, in meinen Angaben hundertprozentig genau zu sein.«
»Na ja, anders will ich das ja gar nicht, und Sie vermutlich doch auch nicht.«
»Ich muß daher feststellen«, erklärte Mason, »daß ich ein Haus betreten habe, das der Ehefrau, also *Mrs.* Edward Davenport, gehört.«
Halder sah ihn verblüfft an. »Ich verstehe das, Mr. Mason«, sagte er, »aber, du lieber Himmel, das scheint mir denn doch zuviel juristische Haarspalterei.«
»Wenn Sie mit formellen Fragen auf haarfeine Unterschiede ausgehen«, sagte Mason, »dann sehe ich für mich nur die Möglichkeit, alle Haare zu spalten, die mir spaltbar erscheinen.«
Masons Lächeln wirkte völlig entwaffnend.

Halder sagte: »Mir wäre es lieb, wenn Sie nun die Fragen außeramtlich beantworteten, Mr. Mason.«
»Das stellt uns freilich wieder vor ein Problem«, entgegnete Mason. »Schließlich bin ich der Anwalt von Mrs. Davenport. Ich weiß noch nicht, ob gegen sie ein Kriminalverfahren eingeleitet werden wird. Soviel ich hörte, ist das denkbar. Dann wäre ich ihr Strafverteidiger. Ich vertrete aber auch als ihr Anwalt ihre Interessen bei der Prüfung des Nachlasses ihres Mannes. Hierbei handelt es sich vermutlich sowohl um gemeinsames wie getrenntes Eigentum. Es geht um die verwandtschaftlichen Rechte zwischen Ehemann und Frau und vielleicht andere Ansprüche laut Testament. So ist es durchaus möglich, daß ich, falls Sie mir jetzt nach einer Liste formulierte Fragen vorlegen, die später jederzeit in Erinnerung gebracht und genau wörtlich wiederholt werden können, durch einige meiner Antworten die Interessen meiner Klientin gefährde. Beispielsweise könnte ich mich da festreiten bei der Frage, ob sie ihren Mann, Ed Davenport, ermordet habe. Und das ist doch unter den gegebenen Umständen durchaus denkbar, nicht wahr, Herr Staatsanwalt?«
»Ganz richtig.«
Mason sagte freundlich: »Meine Auslegung der Gesetze geht nun dahin, daß jemand, der einen andern ermordet, keinerlei Vermögen von dem so Verstorbenen erben kann. Sind Sie nicht derselben Meinung, Herr Staatsanwalt?«
»Absolut.«
»Angenommen also«, fuhr Mason fort, »Sie würden mir nun eine Frage stellen, die Besitzrechte an gewissen Vermögensstücken berührt, das heißt: die Frage nach dem Stand des derzeitigen Anspruchs auf diesen Vermögensteil – und weiter angenommen, sie beträfe Eigentum, das Ed Davenport bei seinen Lebzeiten gehörte und von ihm seiner Frau hinterlassen sein mag laut Bestimmungen in einem Testament, das an sich durchaus gültig wäre und unter normalen Umständen den Rechtsanspruch auf dieses Vermögen an die Witwe übertragen würde – wenn ich nun – wohlgemerkt: unversehens – durch meine Antwort andeuten würde, daß das Vermögen gegenwärtig noch nicht Mrs. Davenport gehöre, dann ist es doch sehr wohl denkbar, daß jemand – natürlich nicht Sie, Herr Staatsanwalt – im-

merhin jemand, der rein formaljuristisch denkt, meine Behauptung andeutungsweise so auslegt, als hätte ich zugegeben, daß Mrs. Davenport des Mordes schuldig sei und daher einen gesetzlichen Anspruch weder erheben könne noch erhoben habe.«
»Aber nun muß ich doch sehr bitten«, wehrte sich Halder. »Ich hatte angefangen, Ihnen Fragen zu stellen, und tue jetzt anscheinend nichts weiter als *Ihre* Fragen beantworten.«
»Ich möchte natürlich die Art dieser Besprechung genau definiert wissen«, sagte Mason, »deshalb frage ich Sie jetzt von Anwalt zu Anwalt, was Sie von der Situation halten. Soll ich denn etwas aussagen, womit ich in irgendeiner Weise andeute, daß meiner Ansicht nach meine Klientin aus moralischen Gründen als Erbin ihres verstorbenen Mannes nicht in Frage kommt?«
»Selbstverständlich nicht. Dieses Ansinnen stellt ja auch niemand an Sie.«
»Sehr richtig«, bestätigte Mason. »Deshalb eben muß ich ja, wenn Sie mir Fragen stellen, durch die Erbansprüche berührt werden, mit meinen Antworten höchst vorsichtig sein. Oder finden Sie nicht?«
»*Ich* bin doch nicht dazu da, *Sie* zu beraten«, sagte Halder.
»Das stimmt«, konzedierte Mason. »Ich weiß Ihre Offenheit zu würdigen, Herr Staatsanwalt. Und da Sie nicht in der Lage sind, mich zu beraten, muß ich es selber tun. Sie haben hier nun eine sehr interessante Frage aufs Tapet gebracht, und ich weiß nicht, ob ich unter den gegebenen Verhältnissen berechtigt bin, mich in Sachen Eigentumsansprüche überhaupt zu äußern. Fragen Sie bitte trotzdem weiter, dann werde ich sehen, was sich machen läßt.«
Halder blickte wieder auf sein Schriftstück. »Während Sie in dem Haus waren«, fuhr er fort, »dem Edward Davenport gehörenden Haus in Paradise, haben Sie da nicht das Schloß an einem Schreibtisch aufgebrochen, eine Kassette geöffnet und ein Kuvert entfernt, auf dem in der Handschrift Davenports stand: ›Den Behörden im Falle meines Todes auszuhändigen‹?«
Mason schwieg nachdenklich.
»Können Sie mir hierauf nicht antworten?« fragte Halder.
Mason kräuselte die Lippen. »In diese Frage sind eine ganze

Reihe einzelner Faktoren verwickelt«, gab er zurück. »Ich versuche im Geist, sie richtig zu zerlegen.«

»Zum Beispiel in was?«

»Erstens bringen Sie hiermit wieder die Frage der Eigentümerschaft an dem Hause auf«, begann Mason.

»Na, wir können ja nun wohl unterstellen, daß, wenn ich hier von ›Ed Davenports Haus‹ spreche, ich das im allgemeinen, volkstümlichen Sinne des Wortes meine, und wollen nicht versuchen, hier und jetzt schon über Besitztitel zu entscheiden.«

»O nein«, entgegnete Mason, »damit würde ja mündlich stipuliert, daß ich nicht an meine eigenen Behauptungen gebunden werden könnte. Das wäre an sich wohl unbedenklich zwischen Ihnen und mir, Herr Staatsanwalt, nicht aber vielleicht gegenüber einem – na, sagen wir: kaltblütig berechnenden, skrupellosen Anwalt, der einen anderen Erben des Vermögens vertreten könnte.«

»Was für einen anderen Erben denn?«

»Nun«, sagte Mason, »das habe ich bisher noch nicht genau durchdacht, aber da wäre zum Beispiel Mrs. Sara Ansel. Sara Ansels Schwester war mit William Delanos Bruder verheiratet. Nehmen wir also jetzt einmal an – nur als rechtlich strittigen Punkt –, Delanos Vermögen könnte nicht an Myrna Davenport fallen.«

»Inwiefern nicht?«

»Aus verschiedenen gesetzlichen Gründen, wie zum Beispiel – und ich bitte, wieder zu beachten, daß das nur eine Hypothese sein soll – wenn Myrna Davenport des Mordes an William Delano beschuldigt würde.«

»Kann sie ja gar nicht werden«, sagte Halder. »Sie wird wegen des Mordes an Hortense Paxton angeklagt, aber Delano ist doch nicht ermordet worden. Er starb auf natürliche Weise.«

»Dann habe ich also Ihre Versicherung, daß sie wegen Ermordung Delanos nicht angeklagt werden wird? Und Ihre Versicherung, daß Delano, William Delano, nicht ermordet wurde?«

»Ich bin nicht in der Lage, Ihnen irgendwelche Zusicherungen zu geben.«

»Da haben wir's«, sagte Mason. »Sind genau wieder, wo wir angefangen haben. Ich befinde mich in einer sehr eigenartigen

Situation, Herr Staatsanwalt, indem ich einerseits höchst bereitwillig mit Ihnen zusammenarbeiten möchte, wiederum aber . . .«
»Worauf zielen Sie denn ab? Daß Sara Ansel als Erbin des Vermögens in Betracht kommen könnte?«
»Tja«, sagte Mason, »wenn wir annehmen, Myrna sei nach dem Gesetz nicht berechtigt gewesen, William Delano gemäß dessen Testament zu beerben – auf Grund der Tatsache, daß man sie seiner Ermordung beschuldigte –, dann wäre vielleicht Mrs. Ansel in die Lage gekommen, ein Vermögen zu erben, das zunächst dem bereits verstorbenen Bruder Delanos zugestanden hätte – oder stimmt das nicht? Ich muß freilich offen zugeben, Herr Staatsanwalt, daß ich die Erbfolgegesetze noch nicht daraufhin nachgeprüft habe.«
»Das habe ich auch nicht«, erklärte Halder.
»Na, dann tun wir das vielleicht am besten jetzt«, schlug Mason vor.
»Nein, nein«, protestierte Halder, »wir kommen ja in dieser Sache schon jetzt in heillose Verwirrung. Ich möchte bei meinen ganz simpel formulierten Fragen bleiben und erwarte nur einfache, aber klare Antworten.«
»Und ich bin sehr darauf bedacht, es so zu halten«, erwiderte Mason, »doch die Tatsache, daß dies nun wieder ein offizielles Verhör geworden ist, kompliziert die Situation außerordentlich.«
»Ich bemühe mich doch, es zwanglos zu gestalten.«
»Sie sagten aber, es sei amtlich.«
»Nun, das kommt darauf an, was Sie amtlich nennen.«
»Ablesen von einer geschriebenen Liste.«
»Na ja, ich habe eben nur versucht, meine Überlegungen vorher in einen logischen Zusammenhang zu bringen.«
Mason blickte ihn vorwurfsvoll an. »Und das war der einzige Grund zur Vorbereitung der Liste, Herr Staatsanwalt? Der *einzige* Grund?«
»Nun, ich hatte mich natürlich«, sagte Halder, auf einmal betreten, »mit anderen Beamten besprochen, die spezielle Fragen vorschlugen, auf deren Beantwortung sie Wert legen.«
»Da haben Sie's«, entgegnete Mason. »Die Frage, die Sie mir soeben gestellt hatten, könnte also im Kopf des District Attor-

ney des Bezirks Los Angeles entstanden sein, ausschließlich in dem Versuch, eine Theorie über den Fall, die er selbst hat, weiter auszubauen. Und er könnte dann meine Antwort rein formaljuristisch aufs äußerste auswerten.«
»Aber Ihre Klientin ist ja nicht des Mordes an ihrem Onkel William Delano beschuldigt, vielmehr des Mordes an Hortense Paxton.«
»Und kam durch den angeblichen Mord in die Lage, den größten Teil des Vermögens von William Delano zu erben?«
»Soweit mir die Situation bekannt ist, ja.«
»Die Leiche von William Delano ist nicht exhumiert worden?«
»Nein.«
»Warum nicht?«
»Weil er eines natürlichen Todes gestorben ist.«
»Woher wissen Sie das?«
»Der Mann war todkrank, er hatte seit Monaten im Sterben gelegen.«
»Ist ein sterbender Mensch immun gegen Gifte?«
»Wollen Sie hier insinuieren, daß ihre Klientin Delano vergiftet hätte?«
»Um Gottes willen, nein«, erwiderte Mason. »Ich *weiß*, daß sie das *nicht* getan hat.«
»Sie hat aber Hortense Paxton vergiftet«, sagte Halder, »und könnte auch Edward Davenport vergiftet haben.«
»Oh, nun muß ich aber doch bitten«, protestierte Mason, »Sie sprechen hier eine glatte Anklage aus.«
»Ich habe Informationen, Mr. Mason, die diese Anklage stützen.«
»Informationen, die ich nicht habe?«
»Gewiß.«
Mason sagte: »Das kompliziert natürlich erneut die Situation.« Und Halder gab zornig zurück: »Ich stelle Ihnen ganz klare Fragen, und Sie spielen hier Ringelringelrosenkranz.«
»Keineswegs«, erklärte Mason. »Ich bitte Sie, sich einmal an meine Stelle zu versetzen: würden Sie dann *hier* jetzt nachlaßrechtliche Fragen beantworten?«
»Ich kann mich weder an Ihre Stelle versetzen, noch kann ich Ihnen Ratschläge geben. Habe mit meinen eigenen Problemen ge-

nug zu schaffen.«
»Sehr richtig«, entgegnete Mason. »Da ich mich also nicht auf Ihren Rat stützen kann und Sie Angst haben, die Verantwortung zu übernehmen . . .«
»Ich habe vor nichts Angst«, erklärte Halder, der einen roten Kopf bekommen hatte, »und kann nicht sagen, daß ich Ihre Haltung billige.«
»Na, na«, sagte Mason liebenswürdig. »Wollen doch nicht unsere menschlichen Beziehungen durch Meinungsverschiedenheiten in amtlichen Fragen beeinträchtigen lassen, Herr Staatsanwalt. Ich habe nur bemerken wollen, daß Sie in Ihrer amtlichen Position sich vor der Verantwortung, mir Ratschläge zu geben, fürchten und . . .«
»Ich fürchte mich durchaus nicht vor dieser Verantwortung!«
»Also sind Sie bereit, mir Ratschläge zu erteilen?«
»Auf keinen Fall! Das ist nicht meine Angelegenheit. Ich vertrete hier das Volk des Staats Kalifornien, als Vertreter des Gesetzes in diesem Bezirk. Sie vertreten eine Klientin und haben selbst zu entscheiden, wie weit Ihre Verantwortlichkeit geht.«
Mason sagte ruhig: »Mir will es freilich scheinen, Herr Staatsanwalt, daß Sie mit dieser Antwort meiner Frage ausweichen.«
»*Ich* weiche *Ihrer* Frage aus?« schrie Halder jetzt laut.
»Absolut«, sagte Mason. »Sie wollen mir nicht definitiv die Frage beantworten, ob ich in meiner Position als gesetzlicher Vertreter von Myrna Davenport Ihre Fragen beantworten soll oder nicht.«
»Es steht mir nicht zu, Ihnen so oder so einen Rat zu geben.«
»Na«, sagte Mason, während sich ein strahlendes Lächeln über sein Gesicht breitete, als habe er die vollkommene Lösung gefunden, »wollen Sie mir dann bitte zusichern, daß, wenn ich jetzt weitermache und mit Ihnen über eigentumsrechtliche Fragen diskutiere, meine Antworten in diesen Angelegenheiten zu keiner Zeit für meine Klientin als bindend gelten?«
Halder erwiderte zögernd: »Ach, ich glaube – ich wüßte nicht, wie sie das sein könnten.«
»Werden Sie mir das definitiv zusichern? Werden Sie die Verantwortung dafür übernehmen und sie mir garantieren?«
»Das lehne ich entschieden ab.«

»Da haben wir's wieder.« Mason rauchte sinnend, als sei er willens, einen Weg aus dem Dilemma zu finden.
Halder warf dem Sheriff und seinem Stellvertreter fragende Blicke zu und sagte kurz: »Mr. Mason, wollen Sie und Miss Street uns für ein paar Minuten entschuldigen? Sie können gleich hier warten. Ich möchte mich mit meinen Beisitzern besprechen. Würden Sie, Sheriff, und Sie, Oscar, mal mit mir ins Nebenzimmer kommen?«
Die drei schoben ihre Stühle zurück und drängten sich rasch durch die Tür in das andere Büro.
Della Street wandte sich an Perry Mason. »Na, Chef, Sie scheinen ja –« begann sie, doch er legte warnend einen Finger vor den Mund, blickte mit auffallendem Augenrollen durch den Raum und setzte ihren Satz anders fort, als er lauten sollte. »Ich habe mich wohl schön in die Tinte gesetzt, was, Della? So gern möchte ich Mr. Halder gegenüber ganz korrekt auftreten und offen reden können, aber ich vermag einfach die Tatsache nicht zu übersehen, daß ich für meine Klientin eine bestimmte Verantwortung trage! Sobald die Frage vermögensrechtlicher Titel angerührt wird, können die größten Komplikationen entstehen.«
»Daß es kompliziert wird, kann ich schon an den paar einleitenden Fragen erkennen«, sagte Della Street, »und dabei hat der District Attorney eine Liste von mehreren getippten Bogen!«
»Selbstverständlich will ich gern mit ihm Hand in Hand arbeiten, aber wir haben ja noch anderes zu tun und können uns hier nicht unbegrenzt lange aufhalten. Ich hoffe, er wird die Sache beschleunigen.«
Della Street lächelte.
Mason blinzelte ihr zu und lehnte sich zurück. Nach einem Weilchen sagte er: »Hoffentlich machen die Herren nicht zu lange mit ihrer Konferenz. Wir halten ja schließlich unser teures Mietflugzeug hier fest, Della, und zu Hause im Büro warten brennend wichtige Aufgaben.«
Für mehrere Minuten herrschte vollkommene Stille in dem Raum.
Endlich öffnete sich die Tür vom Nebenzimmer, die drei Männer kamen nacheinander herein, gefolgt von einem vierten.

Mason sagte, nachdem er einen Blick auf ihn geworfen hatte: »Aha, siehe da – Sidney Boom. Wie geht's Ihnen, Mr. Boom? Ihr Anblick tut meinen Augen wohl.« Er stand auf und schüttelte Boom die Hand.

Der Polizeibeamte lächelte. »Wie geht's, Mr. Mason? Und Ihnen, Miss Street?«

Della reichte ihm die Hand und sagte: »Freut mich, Sie wiederzusehen.«

»Danke.«

Halder schien sich zu einer neuen Angriffsmethode entschlossen zu haben. Er wandte sich gleich an Boom.

»Sie sind als Beamter in Paradise stationiert?«

»Ja.«

»Als Deputy beim Sheriff, für dessen Amt Sie den Außendienst machen?«

»Jawohl, Sir.«

»Und Sie waren in dieser Eigenschaft gestern abend tätig?«

»Ja, Sir.«

»Sind Sie gestern abend in das Wohnhaus von Ed Davenport gerufen worden?«

»Das ist doch das Grundstück am Crestview Drive?«

»Fragen Sie mich nicht, wo es liegt. Ich habe eine Frage an Sie gerichtet.«

»Nun ja, ich bin nicht sicher, wem das Haus gehört, höchstens – doch ja, ich weiß es. Die Frau hat es mir gesagt.«

»Welche Frau?« fragte Mason.

»Die Sekretärin, Mabel Norge.«

»Einen Moment, bitte mal«, schaltete sich Mason ein. »Ich kann nicht hier sitzen, ohne gegen diese Methoden zum Beweisen von Eigentumsansprüchen zu protestieren.«

»Ich beweise keine Eigentumsansprüche«, erwiderte Halder ärgerlich, »vielmehr führe ich Ihnen einen Teil der Beweise vor, die *wir* haben.«

»Aber Sie haben ihn doch in bestimmter Form gefragt, wem das Grundstück gehört«, sagte Mason, »und er hat Ihnen erklärt, daß er es nur aus einer Behauptung von Mabel Norge wisse. Ich gebe nun zu bedenken, daß Miss Norge keine Expertin in Grundstücksrecht ist und daher diese Auskunft nur nach dem

Hörensagen geben konnte, und . . .«
»Schon gut, schon gut«, fiel Halder ein. »Wir sind hier kein Amtsgericht und nicht damit beschäftigt, Eigentumsansprüche zu klären.«
»Aber Sie haben die Frage nach dem Rechtstitel angeschnitten.«
»Ich beschreibe nur das Haus als solches.«
»Weshalb es dann nicht einfach nach der Nummer des Grundstücks am Crestview Drive beschreiben?«
»Also gut«, sagte Halder. »Wir wollen die Frage wie folgt formulieren, Boom: Sie wurden nach einem Grundstück am Crestview Drive gerufen. Wo liegt dieses?«
»Wenn man in den Crestview Drive hineinkommt, ist es das letzte rechts, am Ende der Straße.«
»Sie fuhren nach dem erwähnten Haus?« fragte Halder weiter.
»Ja.«
»Wer hat Sie darum ersucht?«
»Miss Norge.«
»Wer ist das?«
»Soviel ich weiß, ist sie Sekretärin von Ed Davenport. Ich habe sie in Paradise öfter gesehen.«
»Haben Sie Davenport zu seinen Lebzeiten gekannt?«
»Ja, ich habe auch ein paarmal mit ihm gesprochen.«
»Und Sie begaben sich nach diesem Hause auf Ersuchen von Mabel Norge?«
»Ganz recht. Sie ersuchte telefonisch um polizeiliche Hilfe.«
»Und was fanden Sie vor?«
»Ich fand die Haustür unverschlossen, das Licht überall eingeschaltet und Mr. Mason und Miss Street, die sich da ganz heimisch zu fühlen schienen.«
»Was sonst noch?«
»Mabel Norge ersuchte mich, das Vorhandensein eines Briefes festzustellen, den Mr. Davenport geschrieben und ihr hinterlassen hatte mit der Instruktion, daß er im Falle seines Todes den Behörden auszuliefern sei.«
»Und was taten Sie?«
»Ich fand den Brief, das heißt: ich fand eine Kassette, die den zugeklebten Brief enthielt. Auf dem Kuvert trug er in der Handschrift von Mr. Davenport den Hinweis, daß er im Falle

seines Todes den Behörden ausgehändigt werden sollte.«
»Und was machten Sie mit dem Brief?«
»Ich nahm ihn persönlich in Obhut.«
»Haben Sie das Kuvert hier?«
»Das haben Sie.«
»Ach ja. Sie hatten es mir gegeben, nicht wahr?«
»Ganz recht.«
»Wir hatten dann eine Weile besprochen, was mit dem Brief zu geschehen hätte, nicht wahr?«
»Ganz recht.«
»Und dann sind wir heute morgen wieder zusammengekommen?«
»Richtig.«
»Und haben beschlossen, nachzusehen, was der Brief enthielt?«
»Stimmt.«
»Und haben ihn aufgeschnitten?«
»Ja.«
»Und es war nichts darin außer mehreren unbeschriebenen Blättern?«
»Richtig.«
»Wir begannen dann, das Kuvert zu untersuchen, und fanden, daß es aussah, als wenn jemand daran manipuliert hätte. Stimmt's?«
»Jawohl, Sir.«
»Also zogen wir einen Spezialisten hinzu, der uns erklärte, das Gummiarabikum oder was für eine Substanz ursprünglich zum Zukleben der Umschlagklappe gedient hatte, sei durch Feuchtigkeit größtenteils entfernt, also das Kuvert durch Wasserdampf geöffnet und nachher mit Tubenklebstoff wieder verschlossen worden, und das wahrscheinlich innerhalb der letzten vierundzwanzig Stunden?«
»Ganz recht.«
»Na schön«, sagte Halder, und zu Mason gewandt: »Was haben Sie dazu zu bemerken?«
»Ich würde sagen, daß Sie Ihre Fragen in sehr schnellem Tempo gestellt haben und Boom sie ohne das geringste Zögern beantwortet hat«, erwiderte Mason.
»Nein, nein, das habe ich nicht gemeint, sondern: was Sie über

die Korrektheit seiner Aussagen zu bemerken hätten.«
»Da kann ich mit Sicherheit behaupten, daß die nicht korrekt sind«, antwortete Mason. »Einen Moment, Mr. Boom, werden Sie nicht zornig. Ich glaube, Sie sind ehrlich der Meinung, korrekt ausgesagt zu haben, glaube aber trotzdem nicht, daß alles so stimmt.«
»In welcher Beziehung sollen die Aussagen nicht stimmen?« fragte Halder.
»Oh, in mancher Hinsicht nicht. Zum Beispiel, Mr. Boom, Sie sagten doch, Davenport hätte auf dem Kuvert mit eigener Handschrift vermerkt, daß der Brief im Falle seines Todes an die Polizei auszuliefern sei.«
»Ganz recht.«
»Sie hatten Davenport bei Lebzeiten persönlich gesehen?«
»Ganz recht.«
»Und wußten nicht, ob er tot war?«
»Ich weiß nicht mal *jetzt, ob* er tot ist. Es wurde mir nur gesagt, daß er tot sei.«
»Ah, jetzt, Mr. Boom«, sagte Mason lächelnd, »beantworten Sie die Fragen so, wie Sie sollten, indem Sie Ihre Angaben auf die eigene Kenntnis beschränken. Sie hatten vorher auch gesagt, daß die Schrift auf dem Kuvert Mr. Davenports Handschrift gewesen sei. Aber Sie wissen nicht, daß es tatsächlich Davenports Handschrift war, hm?«
»Mabel Norge sagte mir das.«
»Ich weiß, ich weiß«, sagte Mason. »Das nennt man ›vom Hörensagen‹. Aber *gewußt* haben Sie nicht, daß es Davenports eigene Schrift war?«
»Natürlich nicht.«
»Einen Moment«, schaltete sich Halder ein. »Ich habe Boom nicht hergebracht, damit Sie ihn ins Kreuzverhör nehmen!«
Jetzt wurde Mason zum erstenmal zornig. »Was versuchen Sie mir eigentlich anzuhängen? Ich mache gar kein Kreuzverhör mit ihm. Ich versuche bloß, das zu tun, wozu Sie mich aufgefordert haben, nämlich zu zeigen, in welchen Punkten seine Darstellung ungenau war.«
»Das ist aber nach meinen Begriffen ein Kreuzverhör. Ich verlange jetzt von Ihnen, daß Sie mich auf eine Stelle hinweisen,

an der er etwas behauptet hat, das nicht zutrifft.«
»Da gibt's eine Menge Stellen«, sagte Mason.
»Nennen Sie mir eine«, forderte Halder.
»Zum Beispiel«, begann Mason, den Blick auf Boom gerichtet, »hatten Sie zweimal behauptet, auf dem Kuvert habe außen in Davenports Handschrift gestanden, daß der Brief im Falle seines Todes den Behörden auszuhändigen sei.«
»Na, ich habe doch eben erklärt, daß ich nur weiß, daß es seine eigene Handschrift war, weil Miss Norge mir das sagte«, erwiderte Boom.
»Aber Sie selbst *wissen* nicht, daß es seine Handschrift ist?«
»Wissen tue ich das nicht, nein!« rief Boom.
»Wie können Sie übrigens wissen«, fuhr Mason fort, »daß die Inschrift auf dem Kuvert besagte, der Brief solle im Falle seines Todes den Behörden ausgehändigt werden?«
»Das habe ich *gesehen*!« schrie Boom fast gellend. »Gesehen mit meinen eigenen Augen!«
»Nun mal einen kleinen Moment, Boom«, sagte Mason, »lassen Sie sich nicht von Ihrem Zorn übermannen. Sie sind doch ein guter und scharfsinniger Polizist. Was Sie eben sagten, haben Sie so nicht gemeint.«
»Aber jedes Wort meine ich so!«
»So stand es aber nicht auf dem Kuvert.«
»Dem Sinne nach doch! Und ich erinnere mich, wie Miss Norge mir sagte, so stände es da.«
»Sehr richtig«, sagte Mason. »Und jetzt – falls der Staatsanwalt die Güte haben will, Ihnen das Kuvert zu zeigen – werden Sie sehen, Mr. Boom, daß der genannte Text keineswegs darauf steht. Die einzigen Worte auf ihm lauten ›Zu öffnen im Falle meines Todes und der Inhalt den Behörden auszuliefern‹. Und dahinter folgt, was wir vermutlich als die Unterschrift Ed Davenports bezeichnen dürfen.«
»Na, ist das etwa nicht dasselbe?« fragte Halder.
»Ganz und gar nicht!« entgegnete Mason. »In dem einen Fall hätte die Instruktion bedeutet, daß der Brief, gewissermaßen zu treuen Händen, den Behörden ungeöffnet zu übergeben sei. Durch die tatsächlich auf das Kuvert geschriebene Instruktion aber verlangte Mr. Davenport, daß seine gesetzlichen Vertreter

– vorausgesetzt natürlich, daß er das selbst geschrieben hat – zuerst den Brief öffnen und dann – aber nur dann! – den *Inhalt* den Behörden aushändigen sollten.«
Ein fast unheimliches, bedrückendes Schweigen senkte sich für Sekunden über den Raum.
»Sie sehen demnach«, sagte Mason lächelnd zu Boom, »daß Mabel Norge ein anderes Kuvert geschildert hat. Es sind also nicht die Blätter in dem Kuvert ausgetauscht worden, sondern es muß der ganze Brief gewesen sein. Das Kuvert, das die Mitteilungen enthält, über die Miss Norge sich zu Ihnen geäußert hat, konnte nicht gefunden werden. Der Brief, den sie zum Vorschein brachte, war ein ganz anderer, als sie behauptete, weil er eine andere Mitteilung enthalten hat.«
»Einen Augenblick«, unterbrach Halder, »das ist ja blanker Unsinn! Sie versuchen, in der Kernfrage Verwirrung zu stiften.«
»Sir, das betrachte ich als persönliche Beleidigung«, erklärte Mason. »Ich versuche lediglich, den Kern klar herauszuschälen, und muß Sie auffordern, meine sämtlichen hier gemachten Aussagen zu analysieren und mir eine nachzuweisen, die darauf abzielen könnte, in irgendeinem Punkt Verwirrung anzurichten! Ich bin hierhergekommen in der ehrlichen Absicht, Ihnen zu helfen. Hätte Ihnen ja sagen können ›Scheren Sie sich zum Kuckuck!‹ Oder Ihnen sagen können ›Erlassen Sie eine Zwangsvorladung oder einen Haftbefehl gegen mich, oder versuchen Sie, mich vors Schwurgericht zu zitieren‹ – und wenn ich dann vor dem Schwurgericht erschienen wäre, hätte ich darauf bestehen dürfen, daß Sie Ihre Fragen juristisch einwandfrei formulieren.
Wie die Dinge liegen, habe ich mir unter großen Unkosten aus eigener Tasche ein Flugzeug gemietet und habe mein Büro für einen ganzen Tag und zu einer Zeit geschlossen, da höchst dringliche Aufgaben von mir persönlich hätten erledigt werden müssen. Ich habe Ihnen meine Gesichtspunkte erklärt und habe Sie gebeten, sich an meine Stelle zu versetzen und mir einen Rat zu geben, ob ich mich nicht anders verhalten könnte.
Sie selbst, als erfahrener Jurist, wagen nicht, mir einen Rat zu anderem Vorgehen zu geben, und jetzt beschuldigen Sie mich noch, ich wollte die Rechtslage verwirren! Das paßt mir nicht.

Ich – verdammt und zugenäht, Sir, Sie dürfen meine Mitwirkung jetzt als erledigt betrachten! Ich habe weiter nichts auszusagen.«
»Sie werden noch eine Menge auszusagen haben«, sagte Halder. »Zur Zeit befinden Sie sich unter meiner Jurisdiktion und werden den Bezirk nicht ohne meine Erlaubnis verlassen.«
»Was wollen Sie damit sagen?«
»Daß ich Sie unter Zeugniszwang vorladen kann. Und Sie – Sie verhaften kann.«
»Als was?«
»Wegen Beihilfe vor – nein: nach der Tat.«
»Beihilfe wobei?«
»Mord.«
»Welchem Mord?«
»Begangen an Ed Davenport.«
»Was soll's denn nun sein: Beihilfe vor oder nach der Tat?« fragte Mason.
»Weiß ich nicht. Ich – o ja, ich weiß es wohl. Nach der Tat.«
»Welches sind die Elemente einer Mordtat?«
»Die kennen Sie ebensogut wie ich.«
»Dann weisen Sie sie mir lieber erst nach«, verlangte Mason.
»Eine der ersten Voraussetzungen für Mord ist eine Tötung, ein Totschlag, ein toter menschlicher Körper.«
»Nun, wir haben zwar die Leiche noch nicht, werden sie aber finden.«
»Den Teufel werden Sie!« widersprach Mason. »Warum werden Sie denn nicht hellhörig?«
»Hellhörig – für was?«
»Für das Nachdenken über die Wahrscheinlichkeit, daß Ed Davenport aus dem Kabinenfenster gesprungen und mit seiner hübschen Sekretärin, Mabel Norge, das Weite gesucht haben kann. Wo steckt Mabel Norge, wie? Belangen Sie sie. Bringen Sie sie hierher. Sie hat mich beschuldigt, ich hätte mit einem gewissen Brief etwas Unreelles vorgenommen. Lassen Sie sie diese Beschuldigungen hier vor mir wiederholen.«
»Ich – ich habe bisher Miss Norges Aufenthalt noch nicht feststellen können.«
»Ihr ›noch nicht‹ dürfte eine Weile dauern«, sagte Mason.

»Sie ist durch die Ereignisse sehr erregt gewesen.«
»Das will ich gern glauben!« sagte Mason voll Zorn. »Ich bin ein bei Gericht zugelassener Anwalt und denke nicht daran, hier sitzenzubleiben und mich von Miss Norge eines Verbrechens bezichtigen zu lassen. Ich verlange, daß Mabel Norge hergebracht und mir mit ihrer Beschuldigung konfrontiert wird. Ich wünsche, ihr diesbezüglich Fragen zu stellen.«
»Hier frage *ich* Sie, das heißt: ich versuche es.«
»Anklagen schleudern Sie mir entgegen«, verbesserte Mason, »Anklagen, die von Mr. Boom und Miss Norge ausgehen, und Sie wollen mir die Beschuldiger nicht gegenüberstellen!«
»Mr. Boom ist ja hier.«
»Seine Beschuldigungen beruhen nur auf Hörensagen.«
»Einige davon nicht.«
»Doch, alle«, entgegnete Mason und fragte, sich blitzschnell zu Boom umdrehend: »Was hat Ihnen Mabel Norge als Grund dafür angegeben, daß sie sich zu dieser Nachtzeit in dem Haus befand?«
»Sie sei gerade vorbeigefahren, hat sie gesagt.«
»Sie wissen sehr wohl, daß das nicht wahr gewesen sein kann«, hielt Mason ihm vor, »denn die Straße ist dort zu Ende.«
»Sie hätte aber in der Auffahrt ihren Wagen wenden und wieder hinausfahren können.«
»Gewiß«, gab Mason zu, »nur wäre es dann kein Vorbeifahren gewesen. Die Straße führt dort nicht weiter, und sie hat nicht etwa gesagt, sie sei nach dem Hause gefahren, um nachzusehen, ob alles in Ordnung sei, sondern behauptet, sie sei zufällig vorbeigekommen, und als ich sie darüber ins Gebet nahm, hat sie zugegeben, die Unwahrheit gesagt zu haben – oder stimmt das etwa nicht?«
»Das – ich weiß nicht mehr mit Bestimmtheit, was sie da gesagt hat.«
»Und hatte sie Ihnen nicht gesagt, sie sei am Abend schon früher mal im Hause gewesen?«
»Na, sie war doch da tätig. Ich nehme an . . .«
»Daß sie schon ungefähr eine halbe Stunde vor meiner Ankunft mal draußen gewesen sei?«
»Eine halbe Stunde vor Ihrer Ankunft? Ist sie denn da im

Hause gewesen?« kam Booms Gegenfrage.
»Davon hat sie Ihnen also nichts erzählt?« fragte Mason.
»Nein.«
»Hat Ihnen auch nicht erzählt, daß sie den Schreibtisch aufgemacht, die Kassette, die den Brief enthielt, herausgenommen und ihn gegen einen anderen ausgetauscht hat?«
»Nein, bestimmt nicht. Sie waren ja selbst dort, haben unser Gespräch gehört.«
»Sie fuhr mit Ihnen ab. Hat sie Ihnen auch dann nichts davon erzählt?«
»Nein.«
»Erzählt hat sie Ihnen auch nicht, daß sie nachmittags zur Bank gegangen ist und das Guthaben von Ed Davenport fast bis auf den letzten Cent abgehoben hat mit einem Scheck, den er ihr früher, blanko unterschrieben, gegeben hatte, damit sie unter solchen Umständen davon Gebrauch machen könne?«
»Erzählt hat sie mir das nicht«, entfuhr es Boom. »Ich habe das später bei der Bank ermittelt ...«
»So, da haben Sie's«, sagte Mason ärgerlich zu Halder. »Weshalb, zum Teufel noch mal, kriegen Sie nicht die Leute in Ihrem eigenen Bezirk beim Kanthaken? Weshalb klären Sie diese Affäre nicht auf, ohne sich darauf einzulassen, daß ein District Attorney in Fresno – oder einer in Los Angeles – Ihnen einredet, es sei ein Mord verübt worden, und Sie dann der Lächerlichkeit preisgibt?
Warum packen Sie nicht hier die Beteiligten am Kragen und machen reinen Tisch, statt einen Rechtsanwalt aus Los Angeles zu zitieren, der unter beträchtlichen Unannehmlichkeiten für seinen Beruf herkommen muß, um sich gegen allerlei Beschuldigungen zu verwahren, die von einer Frau ausgehen, die wohlweislich die Flucht ergriffen hat?«
Halder fragte ihn: »Wie, zum Donnerwetter, haben denn *Sie* ermittelt, daß das Geld von der Bank geholt wurde und daß Mabel Norge verschwunden ist?«
»Wieso? Haben Sie denn nicht vorausgesetzt, daß ich das weiß?« fragte Mason.
»Kein Mensch weiß davon. Wir haben darüber strenges Stillschweigen bewahrt. Ich hatte meinen Angestellten die Weisung

gegeben, niemandem eine Silbe davon zu verraten.«
»Meine Güte, man sollte doch glauben, daß das von Anfang an offenkundig war!« sagte Mason. »Wenn Sie die Grundidee bei der ganzen Geschichte im Auge behalten.«
»In diesem Fall – also Sie wollen behaupten –, das heißt: es ist nach Ihrer Ansicht gar kein Mord geschehen?«
»Mord?« sagte Mason. »Wer hat denn, zum Kuckuck, überhaupt von *Mord* zu sprechen angefangen?«
»Der Arzt hat behauptet, der Mann sei tot gewesen.«
»Und Zeugen haben behauptet, die Leiche sei aus einem Fenster geklettert.«
Halder biß sich auf die Lippen.
»Jetzt wollen wir diesen Punkt mal klarstellen«, sagte Mason. »Sie haben versucht, diese Information vor mir zu verbergen, nicht wahr?«
»Wenn Sie es so ausdrücken wollen, ja. Meinetwegen.«
»Ich glaube, unter diesen Umständen sagen zu dürfen, daß ich Ihnen hier eine ganze Weile zur Verfügung gestanden habe, um Ihnen behilflich zu sein, jetzt jedoch offiziell nichts weiter zu bemerken habe. Ihre Fragen habe ich so frank und frei wie nur möglich beantwortet und Ihnen ungefähr eine Stunde gewidmet.«
»Ganz so lange war es nicht.«
»Immerhin lange genug, um Sie mit der Situation gründlich vertraut zu machen. Ich werde jetzt sehen, daß ich wieder an meine Geschäfte komme.«
»Sie dürfen den Bezirk nicht ohne meine Einwilligung verlassen.«
»Denken Sie! Probieren Sie nur, mich festzuhalten.«
Er nickte Della Street zu und schritt aus dem Amtszimmer, wo die paar wie vor den Kopf geschlagenen Männer sich rasch auf ein entscheidendes Gespräch zu konzentrieren versuchten.
Vor Mason drängten sich sofort, als er aus der Tür kam, die Reporter. »Na, wie ist es denn gegangen?« wollten sie wissen. Mason schloß erst sorgfältig die Tür, dann sagte er lächelnd: »Ich glaube mich zu erinnern, Boys, daß der District Attorney gesagt hat, er würde nach dem Interview mit mir eine Pressekonferenz einberufen. Ich denke, er wird mit Freuden Ihre Fra-

gen beantworten.«
Mason fing einen Blick des Reporters vom *Oroville Mercury* auf und blinzelte ihm zu. Die anderen öffneten bereits die Tür und drängten sich durchs Vorzimmer zum Amtsraum.
Pete Ingram kam zu Mason. »Okay?« fragte er.
»Nehmen Sie uns mit in Ihren Wagen und fahren Sie uns zum Flugplatz. Aber Tempo«, gab Mason zur Antwort. »Erzählen werde ich Ihnen unterwegs.«
Mason erläuterte Ingram die Einzelheiten und gab ihm, während sie dem Flugplatz zusteuerten, im Abriß eine gute Darstellung der Verhandlung.
Auf dem Flugplatz angekommen, stiegen Mason und Della Street rasch aus. Sie sahen ihren Piloten vor dem Radio sitzen.
»Okay«, sagte Mason, »bringen Sie Ihre Wanderbühne in Marsch.«
»Sofort«, erwiderte der Flieger. »Sagt mal, Herrschaften, habt ihr eben die Nachrichten gehört?«
»Was brachten sie?« fragte Mason.
»Sie interessieren sich doch für den Fall da in Fresno. Man hat die Leiche gefunden«, antwortete der Pilot.
»Wessen Leiche?«
»Die von dem Davenport, den seine Frau umgebracht hat.«
»Wo befand sich denn die Leiche?«
»In einem flachen Grab, bloß ein paar Kilometer von Crampton. Wenigstens nimmt man an, daß der Tote Davenport ist. Er trägt einen Schlafanzug mit roten Punkten oder Figuren. Erst vor ein paar Minuten hat man ihn entdeckt, die Leute sind noch beim Ausbuddeln. Ein Nachrichtenbüro hat es durchgegeben.«
Mason warf Ingram einen Blick zu. Dieser grinste nur. Zum Piloten sagte Mason: »Ein Hunderter extra für Sie, wenn wir in der Luft sind, ehe uns einer stoppen kann!«
Nach wenigen Sekunden rollte das Flugzeug langsam zum entfernten Ende der Startbahn. Während die Motoren warmliefen, beugte sich Mason vor und schrie durch das Donnern der Motoren: »Klappt es? Können wir schon los?«
»Ein paar Sekunden bloß noch.«
»Da hinten kommt ein Wagen um die Kurve«, rief Mason. »Ich will in der Luft sein, eh' der hier ist.«

Der Pilot trieb die Motoren auf Touren.
Schon jagte das Flugzeug übers Rollfeld.
Das Auto drehte so bei, daß seine Scheinwerfer den Anlaufweg des Flugzeugs überschnitten. Ein blutroter Scheinwerfer funkelte grell auf, warnend heulte eine Sirene.
Der Pilot grinste, als er langsam das Fahrgestell einzog. »Die Motoren machen so 'n furchtbaren Krach«, sagte er, »daß man beim Starten fast gar nichts hören kann. Eine Weile hatte ich schon geglaubt, eine Polizeisirene zu hören.«
»Ich hab' nichts gehört«, behauptete Mason.
»Zurück nach Sacramento?« fragte der Pilot.
»Nicht nach Sacramento«, erwiderte Mason. »Nach Fresno. Und wenn Sie mich dort absetzen können, ohne Ihrer Firma die genaue Flugroute anzugeben, so daß keiner erfährt, wo ich ausgestiegen bin, wäre mir damit sehr geholfen.«

7

Das Flugzeug näherte sich dem Gebiet der Stadt Fresno.
»Landen Sie in Fresno, als machten Sie nur halt, um Benzin zu nehmen. Ich steige dann aus, Sie tanken und bringen Miss Street nach Los Angeles.«
»Und Sie?«
»Ich bleibe vorerst hier.«
»Soll mir recht sein.«
»Wenn Sie nach Los Angeles kommen, sprechen Sie möglichst nicht mit Zeitungsreportern. Falls Sie so landen können, daß man gar nicht auf Sie aufmerksam wird, wäre ich Ihnen dankbar. Miss Street wird Ihnen vor dem Landen einen Scheck ausstellen. Recht so?«
»Okay.«
Zu Della Street sagte Mason: »Ich setze mich mit Ihnen in Verbindung, Della. Versuchen Sie, ein bißchen auf Vorrat zu schlafen, wenn's geht.«
»Und Paul Drake?«
»Den rufe ich von hier aus selbst an.«

»Wann werden Sie zurück sein?« fragte sie.
»Morgen früh vielleicht. Es gibt hier einige Arbeit.«
Der Pilot zog mit der Maschine einen weiten Kreis, und schon setzte sie auf. Sobald sie ausgerollt war und er die Motoren abgestellt hatte, sprang Mason hinaus, eilte zum Verwaltungsgebäude und trat in eine Telefonzelle, wo er sich gebückt hinstellte, die rechte Hand so am Kopf, daß man von außen sein Gesicht nicht erkennen konnte.
Er meldete ein R-Gespräch mit der Agentur Drake an. Nach wenigen Minuten ließ sich Paul Drake hören. »Was machst du denn da oben in Fresno?«
»Halte Umschau«, antwortete er.
»Haben dich wohl geschnappt?«
»Wer?«
»Die Behörde in Fresno.«
»Nein.«
»Fahnden aber nach dir.«
»Aus welchem Grund?« fragte Mason.
»Sie meinen, du hättest sie schwer übers Ohr gehauen.«
»Inwiefern?«
»Mit dem Brief von Davenport, der nach seinem Tode aufgemacht werden sollte.«
»Erkläre dich näher.«
»Man glaubt, du hättest die darin enthaltenen Papiere rausgenommen und sechs leere Blätter hineingestopft.«
»Und wozu stempelt mich dieses Vorgehen?« fragte Mason.
»Nach Ansicht des Staatsanwalts aus der Gegend da oben kann es Beihilfe nach der Tat sein.«
»Weiter«, sagte Mason. »Was gibt's sonst? Wo steckt Mrs. Davenport?«
»Anscheinend in Fresno.«
»Ich hörte, man hätte die Leiche gefunden.«
»Stimmt auch.«
»Zweifel an der Identität?«
»Absolut keine. Lag in einem flachen Grab. Aber eins ist komisch dabei, Perry: das Grab war schon zwei, drei Tage vorher ausgeschaufelt worden.«
»Weißt du das bestimmt?«

»Ein paar Jungens hatten es entdeckt und beim Spielen als Festung benutzt. Deshalb wurde auch die Leiche so rasch gefunden. Die Jungens haben erzählt, jemand hätte ihre Festung zugeschüttet. Als sie mit ihren Eltern darüber sprachen – daß es eine längliche Grube war –, ist einer der Väter mal mit hingegangen. Er wurde dann neugierig und fing an zu graben. Es ging ganz leicht, und in einem halben Meter Tiefe schon stieß er auf den Fuß eines Toten. Er begab sich dann gleich zur Polizei, und die hat Ed Davenport ausgebuddelt.«
»Seit wann soll er tot gewesen sein?«
»Seit gestern, heißt es. Anscheinend waren die Angaben von Dr. Renault richtig, denn man entschuldigt sich jetzt bei ihm.«
»Sonst noch was?«
»Mit dem Decknamen hast du recht gehabt. Ich glaube, in diesem Punkt sind wir der Polizei voraus. Ein Frank L. Stanton hatte sich in Fresno in Welchburgs Motel eingetragen. Sehr wahrscheinlich ist das Davenport gewesen. Die Beschreibung paßt auf ihn, er hat sogar die richtige Nummer seines Wagens eingetragen, aber betrunken war er nicht. Noch spät abends hat er Besuch gehabt und sich mit ihm so unterhalten, daß ein Ehepaar rechts oder links von seiner Kabine sich über die Störung beklagt hat.«
»Mann oder Frau?«
»Wer?«
»Der Besucher.«
»Ein Mann. Sehr viel wissen wir darüber nicht. Wir haben mit Mrs. Welchburg gesprochen, aber so, daß ihr nichts auffiel, denn wir befürchteten, sie würde sich an die Polizei wenden, wenn wir zuviel fragten, und das wäre dir sicher nicht recht gewesen.«
»Durchaus nicht«, bestätigte Mason.
»Noch etwas, Perry: die liebe Sara belauert ständig dein Büro. Deine Telefonistin hat sie aufgefordert, etwaige Mitteilungen bei mir abzuladen, da ich vielleicht bald Verbindung mit dir hätte.«
»Was will sie denn?« fragte Mason.
»Sie ist völlig zerknirscht und plötzlich andern Sinnes. Behauptet, das Vertrauen zu Myrna Davenport verloren zu haben.

Wäre so erschöpft gewesen, daß sie ihren Verdacht nicht für sich behalten konnte. Jetzt sagt sie, sie würde sich am liebsten die Zunge abbeißen.«
»Also hat sie vor ihrer Sinnesänderung alles, was sie wußte, der Polizei anvertraut, wie?«
»O ja. Restlos. Alles ausgequatscht. Die Polypen sind dann mit ihr etwas grob umgesprungen, und da wurde sie wild. Hat sich alles noch mal überlegt und ist zum Schluß gekommen, daß sie Myrna Davenport sozusagen nur auf Indizienbeweis und ohne Verhör verurteilt hat. Jetzt vergießt sie Reuetränen. Läßt dir sagen, daß du auf sie Häuser bauen kannst, und möchte durch dich wieder mit Myrna zusammenkommen.«
»Wie nett von ihr«, sagte Mason.
»Ja, was? Quatscht alles herum, was sie weiß, und kommt zurück, bittet um Vergebung oder – will noch mehr hören, was sie auswalzen kann.«
»Du meinst also im Auftrag der Polizei?«
»Möglich wär's. – Was willst du nun unternehmen?«
»Gehe ins Motel Welchburg, nehme mir ein Zimmer und versuche, aus Mrs. Welchburg mehr herauszuholen.«
»Wirst du dich unter einem Decknamen eintragen?«
»Nein«, erwiderte Mason, »das wäre Flucht. Werde mich unter meinem richtigen Namen registrieren, und dann habe ich vermutlich zwanzig oder dreißig Minuten Zeit, bis die Polizei mich beim Kragen packt! Wann soll das Grab geschaufelt worden sein?«
»Vor mindestens drei Tagen. Die Jungens hatten vor Davenports Tod schon drei Tage darin gespielt.«
»Das verschlimmert die Sache«, sagte Mason. »Der Staatsanwalt wird daraus auf vorbedachten Mord schließen.«
»Das hat er in einem Interview mit der Presse bereits getan. Er bezeichnete die Tat als den gemeinsten, kaltblütigsten vorbedachten Mord, der ihm je begegnet sei.«
»Okay«, sagte Mason. »Auf Wiedersehen.«
Er blieb noch in der Telefonzelle, bis er sich überzeugt hatte, daß er nicht beobachtet wurde. Dann trat er schnell hinaus, winkte ein Taxi heran und fuhr zum Motel Welchburg.
Die Frau am Schreibtisch im Hotelbüro war schätzungsweise

über fünfzig, etwas behäbig, mit einem freundlichen Lächeln um den Mund, aber scharfen, aufmerksam spähenden Augen.
»Guten Tag«, grüßte Mason. »Ich komme ohne Gepäck, weil ich eigentlich nicht übernachten wollte. Geld habe ich immerhin.«
»Mehr verlangen wir auch gar nicht«, sagte Mrs. Welchburg. »Wir haben noch zwei Abteile frei, Sie können sich eins aussuchen. Kostet fünf Dollar.«
Mason gab ihr den Betrag und gleichzeitig eine seiner Visitenkarten. »Ich bin Rechtsanwalt«, sagte er. »Versuche hier etwas festzustellen zu einem Fall, den ich behandle.«
»So, so.«
»Wollte mich nach einem gewissen Frank L. Stanton erkundigen«, erklärte er. »Er ist vor ein paar Tagen hier gewesen.«
»Das stimmt. Sie sind schon der zweite, der nach ihm fragt.«
Mason nickte liebenswürdig. »Mr. Stanton hat eine Menge Verbindungen.«
»Was liegt denn vor? Hat er ein Verbrechen begangen?«
»Nicht daß ich wüßte«, erwiderte Mason. »Es handelt sich nur darum, ihm gewisse Papiere zuzustellen.«
»Oh!« sagte sie in scharfem Ton und fragte gleich mit mißtrauischem Blick: »Scheidungssache?«
Mason schüttelte den Kopf. »Ich bin nicht berechtigt, Einzelheiten zu erwähnen, aber es dreht sich um ein Vorkaufsrecht auf erzhaltigen Boden. Die Option läuft in einigen Tagen ab, und falls er davon noch Gebrauch machen will – nun, Sie verstehen wohl, daß es recht peinlich wäre, wenn Mr. Stanton nicht ausfindig gemacht werden könnte.«
»Aber ja, das verstehe ich. Hier bei uns ist er nur eine Nacht gewesen. Er hat seine Adresse in Los Angeles hinterlassen.«
»Die habe ich«, sagte Mason, »doch er ist nicht zu Hause und – na ja, es hat zwar noch ein paar Tage Zeit, es wäre aber recht unangenehm, wenn er sich jetzt nicht erreichen lassen will. Haben Sie ihn gut in Erinnerung?«
»Gut nicht gerade«, sagte sie. »Daß er mit Erzbergwerken zu tun hatte, weiß ich. Er hatte auch zwei ziemlich schwere Handkoffer dabei und erwähnte, daß Erzproben darin wären. Dann hatte er auch noch eine neue Mappe dabei, aber die war leer. Er hatte sie wohl erst gekauft, sie war noch halb eingepackt.«

»Wüßte gern, ob noch jemand bei ihm war.«
»Nein, er kam allein. Daran erinnere ich mich genau. Ein paarmal hatte er Besuch. Gegen 11.30 Uhr rief mich ein Herr aus einer der Nachbarkabinen an und sagte, in der Kabine nebenan, also der von Mr. Stanton, würde soviel geredet, daß er nicht schlafen könne. Er fragte mich, ob ich nicht mal da anklingeln und um mehr Ruhe ersuchen würde.«
»Redeten sie laut? Hatten sie Streit?« fragte Mason.
»Anscheinend nicht. Eher das Gegenteil. Sie sprachen gedämpft, aber andauernd, und es war doch schon spät. Sie wissen ja, wie das ist. Wenn man schlafen möchte, kommen einem kleine, aber eintönige Geräusche, tropfendes Wasser oder dergleichen, allmählich so laut vor, daß man furchtbar nervös werden kann.«
»Verstehe«, sagte Mason. »Sie wissen nicht zufällig, wann Mr. Stanton morgens von hier abgefahren ist?«
»Nein, das weiß ich nicht.«
»Was sagte denn Mr. Stanton, als Sie bei ihm anriefen und ihm sagten, er störe seine Nachbarn?«
»Er hätte eine geschäftliche Besprechung, aber sie wären gleich fertig. Und das muß wohl auch gestimmt haben. Ich hatte nämlich vor seiner Kabine einen Wagen stehen sehen, und der fuhr ein paar Minuten später schon ab.«
»Hat Mr. Stanton ein Ferngespräch verlangt?«
»Während ich hier saß nicht, und wahrscheinlich auch sonst nicht, denn es war keins für die Rechnung notiert.«
»Aber in einer der Zellen im Vestibül hätte er Ferngespräche führen können?«
»Ja, doch.«
»Und das merkt man sonst im Hause nirgends?«
»Nein, keineswegs.«
»Na, ich möchte eigentlich jetzt gerade selbst eins anmelden«, sagte Mason.
Er lächelte vergnügt, als er die Telefonzelle betrat, warf eine Münze ein und bat um Verbindung mit der Dienststelle des Sheriffs. Als sich dort ein Angestellter meldete, bestand er darauf, mit dem zuständigen Beamten verbunden zu werden, und sagte, als ein Assistent des Sheriffs am Apparat war: »Hier ist Perry Mason, Rechtsanwalt. Ich bin hergekommen, um mit mei-

ner Klientin, Mrs. Edward Davenport, zu sprechen. Sie haben die Dame in Haft genommen. Ich wünsche mit ihr zu sprechen.«

»Sie – Sie – Sie sind Perry Mason?«

»Ganz recht.«

Plötzlich wurde die Stimme liebenswürdig. »Wo sind Sie denn im Augenblick, Mr. Mason?«

»Im Motel Welchburg«, sagte Mason, »und im Begriff, mir ein Taxi zu nehmen und zu Ihnen zu kommen. Ich will, wie gesagt, meine Klientin sprechen.«

»Bitte, bleiben Sie am Apparat«, bat die Stimme.

Ungefähr dreißig Sekunden blieb es still, dann kam die Stimme wieder: »Wir schicken einen Wagen für Sie hin, Mr. Mason. Sie werden bereits erwartet.«

»So, wirklich?« sagte Mason. »Im übrigen, falls Sie die Sache noch weiter interessiert: Mr. Davenport ist in der Nacht vor seinem Tod hier im Motel Welchburg gewesen. Registriert hat er sich als Frank L. Stanton.«

»Wissen Sie das genau?« fragte der Beamte.

»Die Beschreibung paßt, desgleichen die Nummer seines Wagens.«

»Warum geben Sie denn *uns* diese Informationen?« forschte der Assistent.

»Meine Güte!« rief Mason erstaunt. »Gibt es einen Grund, sie Ihnen nicht zu geben?«

»Nein, ich glaube kaum. Wir dachten nur, Sie wären an sich froh, wenn wir weniger wüßten als Sie.«

»Wie kommen Sie denn auf diese Idee? – Eben biegt ein Wagen mit roter Suchlampe in den Hof, der wohl für mich bestimmt ist. Den haben Sie aber fix herbekommen.«

8

Der Polizeiwagen bremste am Gehsteig. Mason wurde ins Haus geleitet, wo ihn ein großer, gutmütig lächelnder Mann mit ausgestreckter Hand empfing. »Perry Mason, ja?«

»Ganz recht«, sagte Mason, indem er seine Hand ergriff.

»Ich bin Talbert Vandling, Staatsanwalt in Fresno. Sieht aus, als bekäme ich eine Mordsache, bei der Sie auf der Gegenseite stehen.«

Mason schätzte den Mann ab: seinen kühlen sicheren Blick und die fast gemütliche Höflichkeit, die er ausstrahlte. »Ich glaube, Sie könnten als Gegner sehr gefährlich werden.«

»Werde mir Mühe geben, es zu sein«, gab Vandling zurück.

»Wie ich höre, halten Sie Mrs. Davenport hier in Haft«, sagte Mason. »Sie ist meine Klientin. Ich möchte mit ihr reden und als Anwalt die Rechtslage mit ihr beraten.«

Das Lächeln in Vandlings Gesicht erstarb. »Es gibt in dieser Affäre einige Punkte, die mir noch unklar sind, Mr. Mason. Natürlich möchte ich nicht jemand unter Anklage stellen, der schuldlos ist. Die Frau hat ausgesagt, sie wisse von dem Mord nichts. Mit andern Worten: sie sei schuldlos.«

Mason nickte.

»Leider aber«, fuhr Vandling fort, »machen gewisse Umstände es mir unmöglich, ihre Aussage ohne Nachprüfung zu glauben.«

»Wie ist es mit der aus dem Fenster kletternden Leiche?« fragte Mason.

»Das gehört zu den Punkten, auf die ich noch zu sprechen komme«, sagte Vandling. »Ich werde meine Karten offen auf den Tisch legen und möchte von Ihnen dasselbe erwarten.«

»Spielen Sie zunächst eine Karte aus, dann werde ich sehen, ob ich stechen kann«, schlug Mason vor.

»All right«, sagte Vandling. »Die Polizei hat bei ihren Ermittlungen einen Bock geschossen, das will ich Ihnen ganz ehrlich eingestehen.«

»Inwiefern?«

»Der Mann, der die anscheinend in einen Schlafanzug gekleidete Gestalt aus dem Fenster klettern und abfahren sah, ist uns aus den Fingern gerutscht.«

»Wie kam das?«

»Er hatte den Beamten eine erfundene Adresse und wahrscheinlich auch einen falschen Namen genannt.«

»Und die Beamten gaben sich damit zufrieden?«

Vandling erklärte: »Überlegen Sie mal selbst. Er war in dem Motel als Gast registriert, aber – nicht allein. Die beiden hatten sich als Ehepaar eingetragen. Er erzählte den Beamten, er hätte eine Gestalt im Schlafanzug aus dem Fenster klettern und in einem Auto abfahren sehen. Sie baten ihn um seinen Namen und die Adresse. Also gab er ihnen das an, was er ins Hotelregister geschrieben hatte. Die Beamten stellten fest, daß er sich am Abend vorher mit diesem Namen eingetragen hatte, und ließen es dabei bewenden. Fragten ihn weder nach seinem Führerschein noch notierten sie sich die Nummer seines Wagens oder verlangten sonstige Ausweise. Das war ein toller Versager, gewiß.«

»Dieser Mann aus dem Motel wäre der wertvollste Zeuge für die Verteidigung«, sagte Mason.

Vandling nickte.

»Da der Mann als Zeuge wichtig war, hätte die Polizei für seine Verfügbarkeit unbedingt sorgen müssen«, fuhr Mason fort.

»Darin stimme ich Ihnen bei.«

»Wie stehen wir infolgedessen jetzt da?« fragte Mason.

»Leider«, sagte Vandling, »verbleiben Sie und ich dadurch im Zustand des Interessenkonflikts. Wie die Dinge jetzt liegen, werde ich Anklage wegen Mordes gegen Myrna Davenport erheben müsen und entsprechend die Verhandlung anberaumen. Selbstverständlich brauchte ich das nicht, wenn Ed Davenport tatsächlich in dem Motel aus dem Fenster geklettert ist.«

»Sie haben die Leiche gefunden?« fragte Mason.

»Ja, wir haben die Leiche gefunden.«

»Bestehen Zweifel, ob es sich um Ed Davenport handelt?«

»Nicht die geringsten.«

»Wie war der Körper bekleidet?«

»In einen Schlafanzug, die Füße nackt. Er lag in einem Grab, das schon zwei bis drei Tage vorher geschaufelt worden war.«

»Und woran ist er gestorben?« fragte Mason.

»Das wissen wir nicht mit Bestimmtheit«, erwiderte Vandling, »aber die größte Wahrscheinlichkeit spricht für Gift.«

»Arsenik?«

»Zyankali. Den Sektionsbefund haben wir noch nicht.«

»Dann müßte der Tod ja fast augenblicklich eingetreten sein.«

Vandling nickte stumm.

»Die Pralinen?« fragte Mason.

»Den Füllungen der Pralinen in seiner Reisetasche war Arsenik und Zyankali beigemischt, bei den meisten war es Arsenik, bei einigen Zyankali. Als Giftmord sehr gewandt ausgeführt: ein Teil der flüssigen Füllung wurde, vermutlich mit einer Spritze, herausgesogen und dafür vergiftete Flüssigkeit eingeführt.«
»Aber warum sollte denn jemand dafür zwei Sorten Gift benützt haben?« fragte Mason.
»Auf *die* Frage wüßte ich auch gern die richtige Antwort«, sagte Vandling.
»Vor allem«, ergänzte Mason, »warum hat er ein langsam wirkendes und ein sozusagen sofort wirkendes Gift genommen?«
»Auch eine offene Frage«, gab Vandling zu. »In dieser Sache gibt es verschiedene Fragen, auf die ich keine Antwort weiß. Ich leite nicht gern einen Prozeß ein, ehe ich nicht sicher bin, daß mein Beweismaterial ausreicht. Wenn ich die Geschworenen auffordere, die Todesstrafe für diese Frau auszusprechen, will ich auch überzeugt sein, daß sie des kaltblütigen, vorsätzlichen Mordes schuldig ist.«
Mason nickte.
»Ich stelle nicht gern den Antrag auf Todesstrafe, wenn ich nicht überzeugt bin, daß es sich um kaltblütigen, vorsätzlichen Mord handelt, und betone, daß es in diesem Fall ein paar Punkte gibt, die ich mir gegenwärtig noch nicht erklären kann. Es fehlen mir noch logische Zusammenhänge. Dann ist da auch noch der Zeuge für die Sache der Klägerin, den die Polizei hat entwischen lassen.
Ich habe als Staatsanwalt ein Renommee zu wahren, Sie aber sind im Gerichtssaal höchst gefährlicher Sprengstoff. Wenn Sie in dem Fall ein paar Fakten finden, in denen die Anklage nicht auf festem Fundament steht, dann werden Sie diese Einzelheiten derart dramatisieren, daß man den Eindruck gewinnen muß, es seien die Kernpunkte der ganzen Affäre.«
»Und daher –?« fragte Mason.
»– ist das *alles,* was ich *gegenwärtig* sagen kann.«
»Wir verstehen uns, glaube ich, ganz richtig«, sagte Mason.
»Und Sie wollen nun, denke ich, mit der Angeklagten sprechen.«
Mason nickte, worauf Vandling erklärte: »Ich bin persönlich hierhergekommen, weil ich erstens Sie kennenlernen wollte und

zweitens Ihnen versichern möchte, daß Ihnen keinerlei Hindernisse in den Weg gelegt werden, wenn Sie die Angeklagte sprechen wollen. In unserem Bezirk verzichten wir auf psychologische Druckmittel und versuchen daher auch nicht, Angeklagte von ihrem Rechtsbeistand abzusperren. Sie werden Mrs. Davenport jetzt im Besprechungsraum vorfinden, und ich gebe Ihnen mein Wort, daß es dort keine Abhörgeräte gibt. Was Sie miteinander besprechen, bleibt privat und geheim. Falls Mrs. Davenport mit mir zu sprechen wünscht, werde ich ihr hin und wieder Fragen stellen, und wenn sie darauf nicht antworten will, ist das ihr gutes Recht. Sie sind ihr Anwalt und werden sehen, daß in unserem Bezirk jede Ihrem Beruf erlaubte Konzession gern gemacht wird und wir über die Rechte der Angeklagten ebenso eifersüchtig wachen wie Sie selbst.«
»Vielen Dank«, sagte Mason.
»Und«, setzte Vandling hinzu, »wenn die Beweisführung ergeben sollte, daß die Angeklagte ihren Ehemann vorsätzlich vergiftet hat, werde ich die Todesstrafe beantragen.«
Mason nickte.
»Falls sie hier bei uns freigesprochen wird, will der Staatsanwalt von Los Angeles sie haben, um sie des Giftmordes an Miss Hortense Paxton anzuklagen.«
Wieder nickte Mason stumm.
»Ich dachte mir, daß es Ihnen angenehm wäre, richtig orientiert zu werden«, führte Vandling weiter aus, »insbesondere für den Fall, daß Sie ein Schuldgeständnis der Angeklagten in Betracht ziehen. Wenn Ihre Klientin sich für schuldig erklärt, würde die Anklage nur lebenslänglich Gefängnis beantragen, also nicht auf Todesstrafe plädieren.«
»Und dann würde man sie nach Los Angeles bringen«, sagte Mason, »und ihr wegen Ermordung von Hortense Paxton den Prozeß machen. Erklärt sie sich dort für unschuldig, so wird der Bezirksanwalt sie ins Kreuzverhör nehmen und wird, um Zweifel an ihrer Glaubwürdigkeit zu erwecken, sie fragen ›Stimmt es, daß Sie bereits wegen eines Verbrechens verurteilt sind?‹, worauf sie mit ›Ja‹ antworten muß. Er wird dann ergänzen ›Es trifft doch zu, daß Sie im Bezirk Fresno wegen Vergiftung Ihres Gatten verurteilt wurden?‹ – was sie ebenfalls mit ›Ja‹ beant-

worten muß. Und dann werden die Geschworenen im Gericht von Los Angeles zur Überzeugung kommen, eine notorische Giftmörderin vor sich zu haben, werden ihre Ohren vor jedem zugunsten der Angeklagten sprechenden Indiz verschließen und sich darüber einig sein, daß sie des Giftmordes an Hortense Paxton schuldig ist und daher die Todesstrafe zu verlangen sei.«

Vandling rieb sich eine Weile das Kinn, dann nickte er langsam. »Ich sehe, daß auch Sie Ihre Probleme haben, Herr Rechtsanwalt.«

»Ich werde jetzt gehen und mit meiner Klientin sprechen«, sagte Mason. »Schönen Dank, daß Sie die Karten auf den Tisch gelegt haben. Mir schwant, es wird harte Nüsse zu knacken geben in einem Prozeß, in dem Sie auf der Gegenseite stehen.«

9

Myrna Davenport blickte auf, als Mason hereinkam, ging ihm entgegen und gab ihm die Hand. Er hatte das Gefühl, sie klammere sich mit den Fingern fest, als müsse sie Kraft aus seiner Hand ziehen.

»Ich bin so froh, daß Sie gekommen sind«, sagte sie in ihrer typischen leisen und eintönigen Sprache.

»Haben Sie mit jemandem gesprochen?«

»Ja, mit dem Staatsanwalt.«

»Haben Sie irgend etwas unterschrieben?«

»Nein.«

»Von jetzt an reden Sie gar nicht mehr, klar?« sagte Mason. »Lassen Sie die andern reden.«

»Was soll ich sagen, wenn man mir Fragen stellt?«

»Verweisen Sie die Betreffenden an mich und sagen Sie, daß alle Fragen von mir beantwortet werden.«

»Aber ich möchte doch die Sache geklärt wissen, Mr. Mason! Ich möchte . . .«

»Gewiß wollen Sie alles geklärt wissen. Absolut begreiflich. Aber wenn der *hier* vorliegende Fall geklärt ist, wird man Sie zu Hause in Los Angeles vor Gericht schleppen und Sie wegen Mord an Hortense Paxton anklagen.«

»Wird man das nicht sowieso tun? Man wird doch . . .«

Mason schüttelte den Kopf. »Beide Gerichte hoffen, daß das andere Sie zuerst verurteilt. Wenn in einem der Bezirke ein Schuldspruch erfolgt, wird man Sie im andern zum Tode verurteilen. Wir wollen also offen miteinander sein und den Tatsachen ins Gesicht blicken.«

»Ich hatte schon Angst, Sie . . . Sie würden sich zurückziehen.«

»Das tue ich nicht«, sagte Mason. »Selbst wenn Sie schuldig sind, können Sie eine ordnungsgemäße Verhandlung und alle Ihnen laut Gesetz zustehenden Rechte verlangen. Und es ist meine Aufgabe, dafür zu sorgen, daß das geschieht.«

»Ich danke Ihnen.«

»Sind Sie denn schuldig?«

»Nein.«

»Hortense Paxton vergiftet zu haben?«

»Nein.«

»Ihren Mann vergiftet zu haben?«

»Nein.«

»Sie werden noch manches erklären müssen«, seufzte Mason, indem er einen Stuhl heranzog und sich ihr gegenüber setzte.

»Ich weiß.«

Er beobachtete sie scharf. »Ihre Freundin, Sara Ansel, nimmt gegen Sie Stellung.«

»Sie ist jetzt wieder auf meiner Seite.«

»Woher wissen Sie das?«

»Sie rief mich an.«

»Hat man Ihnen denn erlaubt zu telefonieren?«

»Mit ihr, ja.«

Ärgerlich sagte Mason: »Das Gespräch ist sicher abgehört worden. Was sagte sie denn?«

»Nur, daß sie Zweifel an mir gehabt und sich gegen mich gewandt und der Polizei alles, was sie wußte und auch das, was sie nicht genau gewußte, erzählt hätte, aber sie hätte noch mal über alles nachgedacht und sich dann gründlich geschämt.«

»Der Polizei hat sie gesagt, sie hätte gesehen, wie Sie Gift vergruben«, erklärte Mason.

Myrna Davenport blickte ihn an, und für einen kurzen Moment sah er Angst in ihren Augen. »*Das* hat sie der Polizei erzählt?«
Er nickte.
Sie faltete die Hände im Schoß und starrte auf ihre Finger. »Sie hatte natürlich allen Grund, mir zu mißtrauen.«
»Sie haben doch, wenn Ihr Mann verreiste, ihm die Koffer gepackt?«
»O ja.«
»Nahm er auch Pralinen mit?«
»Ja, stets.«
»Die Sie für ihn kauften?«
»Ja.«
»Diejenigen in seinem Handkoffer waren vergiftet.«
»Ich weiß. Man hat's mir gesagt.«
»Aber Sie selbst haben sie nicht vergiftet?«
»Nein.«
»Wer denn?«
»Das weiß ich nicht.«
»Sie hatten in dem Haus in Paradise gewohnt, nicht wahr?«
»Ja.«
»Und als William Delano, Ihr Onkel in Los Angeles, erkrankte, fuhren Sie zu ihm und wohnten dort?«
»Ja.«
»Und was machte Ihr Mann?«
»Er hielt sich fast ständig in Paradise auf, kam aber ein paarmal besuchsweise.«
»Ihm hat es nicht recht gefallen, daß Sie nach Los Angeles übersiedelten?«
»Nein.«
»Weshalb nicht?«
»Er behauptete, ich schuftete mich da ab und müßte bloß die Krankenschwester spielen, und wenn Onkel William stürbe, würde er mir doch keinen Cent vererben.«
»Wie kam er denn auf diesen Gedanken?«
»Er meinte, es sei längst abgemacht, daß Hortense das ganze Vermögen bekäme. Auch als sie gestorben war, wollte Ed nicht, daß ich dort blieb. Er mochte Tante Sara nicht, weil er sich einbildete, sie würde es fertigbringen, den größten Teil des Ver-

mögens selbst zu ergattern.«
»Wenn Sie verurteilt werden sollten, Hortense Paxton getötet zu haben, mag ihr das tatsächlich gelingen«, sagte Mason. »Dann kann nämlich eine eigenartige gesetzliche Klausel in Kraft treten.«
»Ich habe Hortie nicht getötet – ich hatte sie lieb.«
»Ihr Mann ist nie in das Haus in Los Angeles eingezogen?«
»Erst nachdem Onkel William gestorben war. Aber er hat natürlich viele Sachen in Paradise gelassen und das Haus dort zu seinem Büro gemacht, weil er von da aus seine Bergwerkgeschäfte besser leiten konnte.«
»Sie packten also seine Koffer«, begann Mason wieder. »Entsinnen Sie sich, sie auch gepackt zu haben, als er das letztemal nach Paradise fuhr?«
»Ja.«
»Was packten Sie ein?«
»Nicht viel, weil er fast seine ganze Garderobe in Paradise hatte. Ein paar Hemden, Socken, Schlafanzug –«
»Erinnern Sie sich an den Schlafanzug?«
»Ja.«
»Was für einer war das?«
»Weiß mit rotem Muster.«
»Was für ein Muster?«
»So etwas wie Lilien.«
»Haben Sie den Schlafanzug gesehen, den er trug, als er tot gefunden wurde?«
»Nein.«
»Den hat man Ihnen nicht gezeigt?«
»Nein.«
»Und Sie nicht aufgefordert, sich den Toten anzusehen?«
»Nein.«
»Na, das wird man noch tun«, sagte er. »Sie müssen sich auf einen ziemlichen Schock gefaßt machen.«
»Ja, ich weiß.«
»Werden Sie es ertragen können?«
»Selbstverständlich.«
»Warum sagen Sie ›selbstverständlich‹?«
»Ich bin nicht leicht erregbar.«

»Nein, weiß Gott nicht!« brummte Mason ärgerlich. »Sie scheinen auch nicht zu begreifen, in welch bedenklicher Situation Sie sich befinden.«
»O doch.«
»Also – als Sie Ihrem Mann für seine letzte Reise den Koffer packten, haben Sie da eine Schachtel Pralinen hineingetan?«
»Ja.«
»Woher hatten Sie die?«
»In einer Konditorei gekauft. Zwei Schachteln. Eine packte ich ein, und die andere tat ich in die Schublade meiner Kommode.«
»Hatten Sie eine dieser Schachteln aufgemacht?«
»Nein.«
»Wissen Sie das bestimmt?«
»Ja, natürlich.«
»Haben Sie auch an der Verpackung nichts verändert?«
»Nein. So wie ich sie im Laden gekauft habe, tat ich sie hinein. Ohne das Einwickelpapier allerdings. Das Cellophan um die Schachtel habe ich unversehrt gelassen.«
»Dann wissen Sie also bestimmt, daß man an keiner der Pralinen Ihre Fingerabdrücke finden kann?«
»Aber natürlich.«
»Es hat jemand die Schachtel aufgemacht und die Pralinen mit Gift gefüllt – mit zwei verschiedenen Giften.«
»Hat man mir gesagt.«
»Aber Sie haben das nicht getan?«
»Nein, selbstverständlich nicht.«
»Auf solchen Pralinen kann man recht dauerhafte Fingerabdrücke hinterlassen.«
»Das ist fein, dann werden es ja nicht meine sein.«
»Kann ich mich darauf verlassen?«
»Unbedingt. Ich gebe Ihnen mein Ehrenwort.«
»Wieviel Gepäck hatte Ihr Mann, als er abfuhr?«
»Einen Handkoffer.«
»Nur einen?«
»Ja.«
»Ehe er nach Fresno kam, hat er sich irgendwo noch eine Reisemappe gekauft.«
»Ich wüßte nicht, warum er das getan haben sollte.«

»Und er hatte zwei Koffer bei sich.«
»Ich weiß nicht, woher der zweite gekommen sein soll.«
»Wußten Sie, daß er Erzproben in Handkoffern bei sich führte?«
»Nein, aber das könnte gut möglich sein.«
»Kannten Sie jemanden, den er auf dieser Fahrt aufsuchen wollte?«
»Nein. Er sagte mir nur, daß er über den Verkauf einer Erzgrube zu verhandeln hätte und ein tüchtiges Stück Geld verdienen würde, wenn das klappe.«
»Mehr hat er Ihnen darüber nicht gesagt?«
»Nein.«
»Sie auch nicht von Paradise aus angerufen, um Ihnen Näheres zu sagen?«
»Nein.«
»Sie wollen sagen, daß er von dort überhaupt nicht mit Ihnen telefoniert hat?«
»Doch, einmal. Am Sonntag. Da sagte er mir, er wolle abfahren und Montag abend – also gestern – bei mir sein.«
»Das war sein einziger Anruf?«
»Ja.«
»Wissen Sie etwas über die Geschäfte Ihres Mannes?«
»Sehr wenig.«
»Er wollte sich mit jemandem treffen und ein Geschäft über Erze abschließen?«
»Das hat er mir jedenfalls gesagt.«
»Wo sollte das geschehen?«
»Soviel ich verstanden habe, hier in der Umgebung – in Fresno oder Modesto oder einem andern dieser Orte.«
»Sie kennen niemanden, den er in San Bernardino hat treffen wollen?«
»Nein. Er fuhr ja auch nicht nach San Bernardino.«
»Wie wollen Sie das wissen?«
»Er kam auf geradem Weg nach Hause.«
»Woher wissen Sie das?«
»Weil er's mir gesagt hatte.«
»Wann?«
»Als er anrief.«

»Das erstemal anrief?«
»Er hat doch nur einmal angerufen.«
»Sie meinen: von der letzten Reise?«
»Ja.«
Mason schob seinen Stuhl zurück.
»Wohin wollen Sie?«
»Hinaus, auf die Pirsch«, erwiderte der Anwalt. »Draußen kann ich mehr feststellen als hier im Gespräch mit Ihnen. Sie erzählen mir ja überhaupt nichts von Bedeutung.«
»Aber nur, weil ich nichts weiß.«
»Hoffentlich können wir die Geschworenen davon überzeugen«, schloß er die Besprechung.

10

Mason erreichte einen Nachtzug nach Los Angeles und betrat morgens um 10.50 sein Büro, wo Della Street gerade mit gefurchter Stirn vor einem Brief saß.
»Na, was gibt's?« fragte er.
»Herrje, Chef, ich hatte Sie gar nicht kommen hören. Wie war die Reise?«
»Gut. Der District Attorney in Fresno scheint ein netter Kerl zu sein, aber er wird uns die Arbeit sauer machen«, sagte er, indem er auf sie zuging und in den Brief blickte. »Von wem?«
»Von dem Detektiv in Bakersfield.«
»Was will der Mann?«
»Geld.«
Mason hob den Brief und las:

»Sehr geehrter Mr. Mason,
ich schreibe dies auf meiner Reiseschreibmaschine in San Bernardino. Habe soeben den Rundfunknachrichten entnommen, daß Edward Davenport aus Paradise tot ist, seine Frau beschuldigt wird, ihn ermordet zu haben, und Sie als ihr Anwalt fungieren. So nehme ich an, daß Sie auch die Vermögensfrage behandeln. Ich bin, bis ich von Mr. Davenports Tod erfuhr, seinen

Instruktionen gemäß für ihn tätig gewesen.
Da ich nicht auf mein Honorar warten kann, bis die Nachlaßangelegenheit gerichtlich geklärt ist, und da Mr. Davenport angedeutet hatte, daß der mir gegebene Auftrag für ihn von erheblicher Bedeutung sei, glaube ich, Sie und Mrs. Davenport davon unterrichten zu müssen.
Da er tot ist, nützt es mir nun nichts, weiterhin getreulich für ihn zu arbeiten, und wenn der beigefügte Bericht für Sie und seine Gattin von Wert ist, behalten Sie bitte im Auge, daß ich Ihnen gern jederzeit im Rahmen meines Berufes weiter assistiere.
Ich bin der Ansicht, daß ich für meine prompte Mitarbeit auf eine prompte Überweisung von Ihnen rechnen darf, und hoffe, daß der beiliegende Bericht Ihnen dienlich ist.
Ich erlaube mir, hier eine Rechnung über zweihundertfünfundzwanzig Dollar beizufügen für mein Honorar sowie Auslagen im Zusammenhang mit dem mir von Mr. Davenport erteilten Auftrag, das Abteil 13 im Motel Pacific Palisades in San Bernardino zu beobachten.
Zu Ihrer Information: ich hatte Mr. Davenport kennengelernt gelegentlich einer anderen Transaktion, dem Abschluß eines Bergwerksgeschäfts, das ich vor zwei Jahren für ihn durchgeführt habe. Seitdem habe ich ihn persönlich nicht wiedergesehen, vermute aber, daß er meine Adresse in seinen Akten vermerkt hat für spätere Aufträge ähnlicher Art.
Es wird mich außerordentlich freuen, wenn ich fernerhin zu Diensten sein kann.

Ihr sehr ergebener
Jason L. Beckemeyer
Detektivbüro Beckemeyer.«

»Na«, sagte Mason, »anscheinend geraten wir bei der Aufklärung eines Geheimnisses gleich wieder in ein neues. Weshalb, zum Donnerwetter, hat denn Davenport seinen Detektiv gebraucht, um Abteil 13 in dem Motel in San Bernardino zu überwachen?«
»Warum taten wir das?« fragte Della Street.
»Wir taten es wegen des Telefonanrufs, der übrigens erst nach

Davenports Tod erfolgt sein muß. Wollen uns mal den Bericht des Detektivs ansehen.«
Sie reichte ihm ein mit der Maschine beschriebenes Blatt.
Das Schreiben lautete:

»Gemäß Instruktionen, die ich telefonisch etwa um 9.15 Uhr am Abend des Elften von Edward Davenport erhielt, der von Fresno anrief, sich entsprechend auswies und mich engagierte, fuhr ich am Abend des Zwölften nach San Bernardino, um Abteil 13 im Motel Pacific Palisades zu überwachen.
Ich kam gegen ein Uhr am Morgen des Dreizehnten in San Bernardino an. An dem Motel hing ein Schild, daß kein Raum mehr frei sei. Ich parkte meinen Wagen so, daß ich den Eingang zu Abteil 13 übersehen konnte, und blieb bis etwa 10.30 Uhr morgens auf meinem Posten, den ich die ganze Zeit persönlich hielt, um absolut sicher zu sein, daß jeder, der die Kabine betrat oder verließ, unter Beobachtung blieb.
Gegen 10.30 Uhr am Vormittag des Dreizehnten sah ich ein Zimmermädchen nach einmaligem Anklopfen mit einem Paßschlüssel in das Abteil 13 eintreten. Das Mädchen hatte eine Tragvorrichtung mit Bettwäsche, Handtüchern usw. bei sich und hatte vorher schon mehrere bereits freigewordene Räume saubergemacht.
Ich verließ sofort mein Auto, ging zur Kabine 13 und klopfte an die Tür, die angelehnt war. Das Mädchen rief ›Herein‹, ich schob mich in den Raum und erklärte, ich möchte mit der Kollegin sprechen, die soeben das Abteil 10 aufgeräumt hätte. Da ich gesehen hatte, wie sie aus zehn herausgekommen war, kam ja nur sie selbst in Frage.
Sie fragte mich ziemlich erschrocken, was ich von ihr wolle. Ich tat, als sei ich Polizeibeamter – ohne das allerdings zu behaupten –, und bat sie, mir zu beschreiben, in welchem Zustand sie den Wohnraum von Abteil 10 vorgefunden hatte, wie viele Personen da gewohnt hätten und ob ihr vielleicht aufgefallen sei, daß sie Rauschgift benutzt hätten oder mit Rauschgifthandel zu tun haben könnten. Das Thema begann sie so zu interessieren, daß wir uns eine ganze Weile unterhielten und ich mir inzwischen Kabine 13 genau ansehen konnte. Sie war die letzte

Nacht nicht benutzt worden. Durch diskrete Fragen erfuhr ich, daß sie schon am Abend zuvor telefonisch bestellt und der Betrag dafür telegrafisch überwiesen worden war. Den Namen des Gastes, für den sie reserviert war, wußte das Mädchen nicht.
Nachdem ich ihr geraten hatte, von meinem Besuch keinesfalls etwas zu erzählen, weder ihrem Arbeitgeber noch Kolleginnen oder Gästen, begab ich mich wieder zu meinem Wagen und beobachtete von da Nr. 13 bis sechs Uhr abends. Ich hatte keine Instruktion, was ich tun sollte, falls das Abteil unbesetzt blieb, da Mr. Davenport dort mit dem Gast zum Abend des Zwölften bestimmt gerechnet hatte. Mein Auftrag war: festzustellen, wer am Morgen des Dreizehnten den Gast aufsuchen würde, und um ganz sicher zu sein, hatte ich meine Beobachtung schon um ein Uhr früh begonnen und mich überzeugt, daß inzwischen niemand eingezogen war. Ich hatte mir belegte Brote und Kaffee in Thermosflaschen mitgenommen, um ununterbrochen auf dem Posten bleiben zu können. Eine ganz in der Nähe gelegene Tankstelle erleichterte mir durch ihre Beleuchtung fast die ganze Zeit das Beobachten, und nach den kurzen Pausen, in denen ich austreten mußte, vergewisserte ich mich jedesmal, daß inzwischen keiner die Kabine 13 betreten hatte.
Gegen sechs Uhr am Abend des Dreizehnten, als ich im Radio den Nachrichtendienst hörte, erfuhr ich, daß Edward Davenport am Tage vorher gestorben, seine Witwe unter Mordverdacht verhaftet und als ihren Verteidiger den Rechtsanwalt Mason bestellt hatte.
Unter diesen Umständen, und da das Abteil nicht besetzt worden war, beschloß ich, die Sache auch noch anders anzufassen. Ich ging zum Telegrafenamt und behauptete da, eine telegrafische Geldanweisung, die ich an das Motel gesandt hätte, sei nicht bestellt worden. Die betreffende Beamtin sah in den Listen nach und fragte mich, ob ich Mr. Stanton sei, was ich bejahte. Sie holte dann eine Kopie, aus der hervorging, daß eine telegrafische Überweisung von Frank L. Stanton aus Fresno ordnungsgemäß ausgezahlt worden sei. Ich entschuldigte mich und ging.
Falls ich noch weiter von Nutzen sein kann, halte ich mich zur Verfügung. Ich kann mit Bestimmtheit versichern, daß Abteil

13 in der Nacht vom Zwölften zum Dreizehnten nicht besetzt war. Nach Auskünften des Zimmermädchens wäre auch, hätte jemand die Kabine am frühen Abend des Zwölften oder überhaupt nach vier Uhr nachmittags bezogen, der Zimmerdienst mit frischen Handtüchern, Bettzeug usw. erst um 8.30 Uhr am nächsten Morgen wieder in Funktion getreten.

Detektivbüro Beckemeyer
Jason L. Beckemeyer.«

»Das stimmt ja mit den Informationen von Paul Drake überein«, sagte Della Street.
Mason nickte. »Aber weshalb ist bloß Ed Davenport so scharf darauf gewesen zu erfahren, wer das Abteil bewohnte, und warum hat er den Betrag zum Reservieren der Kabine geschickt und dann einen Detektiv angesetzt, um festzustellen, wer sie bewohnte?«
»Es muß wohl jemand gewesen sein, den er irgendwie in die Falle locken wollte«, meinte Della. »Oder einer, an dessen Zuverlässigkeit er zweifelte.«
»Aber wer?«
»Scheint mir noch eine Aufgabe für Paul Drake zu sein.«
»Finde ich auch.«
»Beckemeyer will offenbar gern weiter mitarbeiten«, sagte sie.
»Allzu gern«, stimmte Mason zu.
»Und hat es mit seinem Geld eilig.«
»Ist wohl knapp dran. Wissen Sie was, Della: schicken Sie ihm einen Scheck, dann gewinnen wir ihn zunächst mal für unsere Interessen.«
»Soll ich auf das Angebot seiner weiteren Dienste eingehen?«
»Nur, daß wir uns vielleicht noch an ihn wenden würden – später.«
Della nickte.
»Rufen Sie Paul Drake an«, sagte Mason, »und bitten Sie ihn, sofort zu kommen, wenn er kann.«
Er beschäftigte sich mit dem Lesen der Post, bis Drake sich anmeldete. Della Street ließ ihn eintreten.
»Da, sieh dir das mal an«, sagte Mason, indem er ihm den Be-

richt des Detektivbüros Beckemeyer gab.
Paul Drake las den Inhalt und grübelte mit gefurchter Stirn.
»Und?« fragte Mason.
»Werde nicht schlau daraus, Perry«, sagte Drake.
Mason erklärte ihm: »Es wird jetzt sehr wichtig zu ermitteln, ob es tatsächlich Davenport gewesen ist, der telegrafisch das Geld an das Motel Pacific Palisades überwiesen hat. Meinst du, daß dir das gelingt, Paul?«
»Bei der jetzigen Konstellation kann das ein bißchen schwierig werden. Gibt vielleicht auch bürokratische Schwierigkeiten. In Anbetracht der Tatsache, daß man in Fresno meint, Myrna Davenport wegen Mordes belangen zu können, werden die Behörden sich, wenn man in Davenports Vorleben schnüffelt, nicht gerade freundlich zeigen. Bist du denn ganz überzeugt, daß Frank L. Stanton und Ed Davenport identisch sind?«
»Den äußeren Umständen nach nicht ganz«, erwiderte Mason, »aber innerlich bin ich's. Die Beschreibung paßt, desgleichen die Autonummer, aber trotzdem wäre es vorsichtiger, wenn *wir* die Eintragung im Hotelregister von einem Graphologen begutachten ließen. Übrigens, damit du es weißt, Paul: der District Attorney in Fresno geht ran wie zehn nackte Wilde. Mit dem wird's nicht leicht sein. Ich halte ihn aber für korrekt und glaube kaum, daß er Myrna Davenport den Prozeß machen wird, wenn er sie nicht für schuldig hält. Er hat die Voruntersuchung auf morgen angesetzt.«
»Meinst du, daß er seine Trümpfe dann schon zeigen wird?« fragte Drake.
»Nur soviel, daß er sich berechtigt fühlt, die Anklage zu erheben«, erwiderte Mason. »Er arbeitet mit dem hiesigen Staatsanwalt Hand in Hand, und ihr Plan ist, erst in Fresno die Verurteilung Mrs. Davenports wegen Mord an ihrem Ehemann durchzufechten. Ob dort nun auf Todesstrafe erkannt wird oder nicht, soll sie anschließend hierher überführt, und im Prozeß wegen Ermordung der Hortense Paxton soll auf die Todesstrafe hingezielt werden, die dann so gut wie sicher ist, inbesondere wenn das Urteil in Fresno mindestens auf Totschlag lautet.«
»Ganz beachtlicher Auftrag«, konstatierte Drake. »Die Behörden haben bei dem Rennen die Innenbahn, haben alle denkba-

ren Kräfte zur Verfügung, haben die Durchschlagskraft und die Routine.«
»Weiß ich«, entgegnete Mason, »aber vielleicht haben sie nicht erkannt, wie wichtig es ist, gerade über Stanton alle Einzelheiten zu ermitteln und aufeinander abzustimmen.
Folgendes ist uns schon als unbestreitbar bekannt: Ed Davenport war mit einem für ihn wichtigen Plan beschäftigt, von dem seine Frau vermutlich nichts wußte. Und bezüglich San Bernardino nimm bitte ad notam: als ich mit Della am Zwölften in Paradise war, kam ein Anruf, und zwar von einem Automaten in Bakersfield. Della ging an den Apparat. Es meldete sich ein Mann, der sofort sagte ›Motel Pacific Palisades in San Bernardino, Abteil 13‹, und auflegte.«
»Wieso? War das das ganze Gespräch?« fragte Drake.
»Ja. Kein Wort weiter«, bestätigte Mason.
»Tja«, sagte Drake, »das paßt natürlich alles zu der Theorie, daß in dem Motel eine Sache von Bedeutung durchgeführt werden sollte. Weshalb hätte sonst Davenport die Miete bezahlen und die Kabine unter Beobachtung halten sollen? Vor allem, wenn er sie selbst zu benützen beabsichtigte.«
»Eins war bemerkenswert an dem Anruf aus Bakersfield«, erklärte Mason. »Es fiel mir im Moment nicht gleich ein. Erst später ging mir ein Licht auf, was das bedeuten konnte.«
»Und das wäre?«
»Der Mann in Bakersfield hat gar nicht gefragt, ob er mit Mabel Norge verbunden war. Sofort, als Della Street ›Hallo‹ sagte, gab er seine Meldung ab.
Wenn der Anrufer Ed Davenport selbst gewesen wäre, hätte er ja gemerkt, daß nicht Mabel Norge am Apparat war. Entweder wäre ihm das gleich an der Stimme aufgefallen oder er hätte mehr gesprochen, um sicherzugehen. Im übrigen wissen wir ja jetzt, daß Davenport schon tot war, als der Anruf erfolgte.
Jedenfalls sollte man annehmen«, fuhr Mason fort, »daß der Betreffende, wenn er instruktionsgemäß eine Mitteilung durchzugeben hatte, sich erst vergewissern würde, mit wem er sprach.«
»Das hat er aber nicht getan?«
»Ganz recht, hat er nicht.«

»Warum wohl?«
»Da gibt es nur eine Erklärung. Er hat von dem Plan in Paradise nichts gewußt und kannte auch Mabel Norge nicht. Ihre Stimme wie ihre Person bedeuteten ihm nichts. Er ließ sich verbinden, gab seine Botschaft durch und legte schnell den Hörer wieder auf.«
Drake überlegte einen Moment, dann nickte er langsam.
»Und eins wäre da noch«, sagte Mason. »Wir müssen uns Informationen über Sara Ansel beschaffen, ihre Vergangenheit so weit wie möglich beleuchten.«
»Da kann ich dir nur zustimmen«, bemerkte Drake.
»Vergiß nicht, daß Sara Ansel, wie sich herausgestellt hat, durch den Tod von Hortense Paxton beträchtlichen Vorteil gehabt hat.«
»Nur indirekt eigentlich«, sagte Drake. »Sie hat nicht mit Bestimmtheit wissen können, daß Delano sein Testament ändern und sie bedenken würde.«
»Nach den Informationen, die wir *bis jetzt* haben, hast du recht«, bekannte Mason, »aber wenn wir mehr erfahren, stellt sich vielleicht heraus, daß sie Grund hatte, mit diesem Verlauf zu rechnen.«
»Wenn sie weiß, daß du ihr nachspürst, wirst du sehen, daß sie Haare auf den Zähnen hat«, warnte ihn Drake.
»Die hat sie sowieso«, entgegnete Mason. »Knoble du soviel wie möglich heraus, Paul. Laß deine Leute in Fresno anfangen und bring sie tüchtig in Schwung. Morgen gehen wir ja schon in die Voruntersuchung.«
»Läßt du nicht das Gericht die Dinge zu schnell vorwärtstreiben?«
»Nein, gerade *ich* treibe sie voran«, erwiderte Mason. »Ich möchte nämlich ein paar Fragen stellen, bevor der District Attorney in der Lage ist, sie zu beantworten.«

11

Mochte Talbert Vandling, der Staatsanwalt von Fresno, auch Fehler machen, einen jedenfalls beging er nicht: Perry Mason als Gegner zu unterschätzen.
Kühl, höflich und äußerst wachsam, eröffnete er seine Verhandlung mit einer Sorgfalt und Gründlichkeit, als führe er einen Prozeß vor dem Schwurgericht, nicht nur eine Voruntersuchung.
»Mein erster Zeuge wird George Medford sein«, sagte er.
George Medford erwies sich als ein neunjähriger, sommersprossiger Knabe, der recht verlegen war, aber einen ehrlichen Eindruck machte.
»Wo wohnst du?« begann Vandling seine Vernehmung.
»In Crampton.«
»Wie lange schon?«
»Drei Jahre.«
»Wohnst du bei deinen Eltern?«
»Ja, Sir.«
»Wie heißt dein Vater?«
»Martin Medford.«
»Welchen Beruf hat er?«
»Er hat eine Tankstelle.«
»In Crampton?«
»Ja, Sir.«
»Also, George, ich frage dich jetzt, ob du dich mit deinem Vater am Dreizehnten nach einem Platz ungefähr fünf Kilometer von Crampton begeben hast?«
»Ja, Sir.«
»Kanntest du diesen Platz?«
»Ja, Sir.«
»Wo liegt er?«
»Er liegt auf einem kleinen Hügel, so'n bißchen im Gebüsch.«
»Warst du früher schon einmal dort?«
»Ja, Sir.«
»Wie kamst du dahin?«
»Mit meinem Fahrrad.«
»War noch jemand mit dir draußen?«
»Ja, Sir.«

»Wer denn?«
»Jimmy Eaton.«
»Ist das ein Junge in deinem Alter?«
»Ein halbes Jahr älter.«
»Und wie kam der dahin?«
»Auch mit dem Fahrrad.«
»Gut. Und weshalb seid ihr dahin gefahren, George? Was habt ihr dort gemacht?«
»Ach, nur gespielt.«
»Warum seid ihr dazu so weit hinausgefahren?«
»Na ja, weil's da so schön zum Radfahren war. In der Nähe ist eine Straße, wo nur selten Autos kommen. Unsere Eltern wollten nicht, daß wir auf der Chaussee radfahren, wegen dem vielen Verkehr und – so gingen wir meistens dorthin. Auf dem Hügel ist nämlich so'n altes Haus, die Leute sind da wohl weggezogen, und das Haus fing schon an, einzustürzen, und – oh, wir hatten da Spaß, haben Vogeleier gesucht und gespielt und uns was erzählt und so.«
»Seit wann ward ihr denn da schon hingefahren?«
»Och, so ungefähr sechs bis acht Monate.«
»Hattet ihr da kürzlich eine Grube entdeckt?«
»Ja, Sir.«
»Wann ist euch die aufgefallen?«
»Das erstemal haben wir sie am Freitag gesehen.«
»Das wäre also am vorigen Freitag, dem Neunten, gewesen?« fragte Vandling.
»Ja, Sir, am Neunten war's, glaube ich. Ja.«
»Um welche Zeit fuhrt ihr denn hin?«
»Am Nachmittag, so um drei oder vier.«
»Und was saht ihr da?«
»Na, das Loch in der Erde.«
»Kannst du das beschreiben?«
»Also, es war ein großes Loch.«
»Wie groß ungefähr, George? Das ist jetzt wichtig. Kannst du mal mit den Händen zeigen, wie groß?«
Der Junge hielt die Arme weit auseinander.
»Also etwa einen Meter breit«, schätzte Vandling.
»Und wie lang war es ungefähr?«

»So lang, daß man darin liegen konnte und dann noch Platz übrig war.«
»Du meinst: ganz lang ausgestreckt liegen, ja?«
»Ja, Sir.«
»Und wie tief war es?«
George hielt die Hand ungefähr in Höhe seines Magens vor den Leib. »Bis hier ging's mir.«
»Seid ihr auch am Donnerstag, am Achten, da draußen gewesen?«
»Nein, Sir.«
»Wart ihr am Siebten dort, am Mittwoch?«
»Ja.«
»War das Loch an dem Tag schon da?«
»Nein, da noch nicht.«
»Wie sah da die Stelle aus, wo es nachher war?«
»So wie rundum.«
»Als ihr dann am Freitag um vier Uhr hingekommen seid, war das Loch da, ja?«
»Ja, Sir.«
»Und wie sah es aus?«
»Oh, ein schönes Loch.«
»Was meinst du mit ›schön‹?«
»Es war an den Seiten schön glatt. Und die Ecken ganz scharf.«
»Und was war mit der Erde geschehen, die man ausgegraben hatte, George?«
»Die war auf die Seite geschaufelt.«
»Auf welche Seite?«
»Beide Seiten.«
»Du willst sagen: nicht an den schmale Enden, sondern an den Seiten, ja?«
»Ja, Sir.«
»Und wie sah sie am Boden aus, die Grube?«
»Auch glatt und gerade.«
»Und diese Grube war am Freitag nachmittag da?«
»Ja, Sir.«
»Am Mittwoch aber noch nicht?«
»Nein, da noch nicht.«
»Seid ihr Jungs auch am Samstag dort gewesen?«

»Ja, Sir.«
»Und was machtet ihr dort?«
»Haben drin gespielt.«
»In welcher Weise?«
»Och, wir sprangen rein, und dann spielten wir, daß es eine Festung sein sollte, und mal legten wir uns lang rein und paßten auf, wie die Vögel dicht rankamen und – na, so allerlei Spiele haben wir gemacht.«
»Ward ihr auch am Sonntag draußen?«
»Nein, Sir.«
»Oder am Montag?«
»Nein.«
»Seid ihr am Dienstag, dem Dreizehnten, hingefahren?«
»Sie meinen, diesen letzten Dienstag?«
»Ja.«
»Ja, da fuhren wir hin.«
»Und was war inzwischen geschehen?«
»Die Grube war ganz zugeschüttet.«
»Was habt ihr dann gemacht?«
»Na, ich habe meinem Vater erzählt, daß –«
»Was du erzählt hast, laß jetzt mal beiseite, George. Was ihr dort getan habt, möchte ich wissen.«
»Gespielt.«
»Und dann?«
»Dann sind wir nach Hause gefahren.«
»Und an dem Tag noch einmal hingegangen?«
»Ja, Sir.«
»Wie lange nach eurer Heimkehr war das?«
»Ungefähr eine Stunde danach.«
»Wer fuhr mit dir?«
»Mein Vater und Jimmy.«
»Und dein Vater ist Martin Medford, der sich auch hier im Gerichtssaal befindet?«
»Ja, Sir.«
»Das wäre alles«, schloß Vandling.
»Keine Fragen«, bemerkte Mason.
»Mein nächster Zeuge ist Martin Medford«, sagte Vandling.
Martin Medford sagte aus, er sei der Vater von George. Am

späten Nachmittag des Dreizehnten habe ihm sein Sohn, als er vom Spielen zurückkam, erzählt, die Grube sei zugeschüttet, woraufhin er geglaubt habe, sich überzeugen zu müssen, was dort vorging. Also habe er eine Schaufel genommen und sei mit seinem Sohn und Jimmy Eaton hinausgefahren, wo er feststellte, daß die Erde über der bewußten Stelle ziemlich locker lag. Er habe dann begonnen, sie aufzugraben und sei in einer Tiefe von etwa fünfundsiebzig Zentimeter auf ein Hindernis gestoßen, das dem Druck der Schaufel etwas nachgab. So habe er die Erde an der Stelle beiseite gescharrt und erkannt, daß er das Bein eines Menschen vor sich hatte. Worauf er sofort mit dem Graben aufgehört habe und zum nächsten Telefon gefahren sei, um den Sheriff zu benachrichtigen.

»Bitte, Kreuzverhör«, sagte Vandling.

»Keine weiteren Fragen«, sagte Mason.

Hierauf betrat der Sheriff den Zeugenstand und berichtete, wie er mit zwei Assistenten zu dem von Martin Medford beschriebenen Ort gefahren sei. Dort hoben sie die Erde aus, die allem Anschein nach erst kürzlich in die Grube geschüttet worden war. Das heißt: die Erde lag noch locker in der Höhlung.

Sie hatten in der Grube die Leiche von Ed Davenport gefunden und sie ins Leichenschauhaus gebracht. Später war der Sheriff noch einmal hingefahren und hatte die ganze lockere Erde ausgehoben, um sich ein Bild von den ursprünglichen Maßen der Grube zu machen. Der Boden war dort fest, man konnte die ursprünglichen Grenzen der Grube noch erkennen, die in einer Länge von 1,80 Meter und gut ein Meter Breite als klar profiliertes Rechteck ausgehoben worden war.

»Wünschen Sie ein Kreuzverhör?« erkundigte sich Vandling beim Anwalt.

»Unter den gegebenen Umständen habe ich einstweilen keine Frage«, entgegnete Mason.

»Danke«, sagte Vandling. »Das wäre dann alles, Sheriff.«

Nächster Zeuge war Dr. Milton Hoxie. Er wies sich aus als Arzt, Chirurg und Toxikologe und erklärte, man habe ihn am Abend des Dreizehnten zu einer Obduktion ins Leichenschauhaus gerufen. Er konnte sich allerdings erst gegen Mitternacht von der Praxis freimachen.

Vorgefunden habe er einen männlichen Toten im Alter von etwa fünfundfünfzig Jahren, 1,72 groß und dreiundsechzig Kilogramm schwer, der Arterienverkalkung hatte, offenbar aber an Vergiftung gestorben war. Nach verschiedenen Analysen habe er das Vorhandensein eines bestimmten Gifts im Körper festgestellt und sei zum Schluß gekommen, daß der Tod durch Aufnahme von Zyankali verursacht worden sei. Nach seiner Meinung sei der Mann, als er ihn sezierte, schon vierundzwanzig bis sechsunddreißig Stunden tot gewesen.

»Kreuzverhör«, fiel Vandling plötzlich in seinen Bericht ein.

»Haben Sie eine spezielle Analyse auf Zyankali vorgenommen?« fragte Mason.

»Ja, Sir. Auf Blausärevergiftung.«

»Auch auf andere Gifte?«

»Auch auf Arsenik.«

»Fanden Sie denn Arsenik?«

»Nicht in bedeutenden Mengen, Sir.«

»Ich meine, ob Sie überhaupt Arsenik gefunden haben?«

»So wenig, daß es medizinisch nicht von Belang ist.«

»Fanden Sie noch sonstige Giftstoffe?«

»Nein, keine, Sir.«

»Wurden wichtige Organe aus dem Körper entfernt?«

»Ja, Sir.«

»Und was wurde mit diesen vorgenommen?«

»Sie wurden zwecks besonderer Untersuchung ans Laboratorium der Universität in Berkeley geschickt.«

»Ist von der Universität ein Gutachten eingegangen?«

»Nicht daß ich wüßte.«

»Dann wissen Sie also nicht, daß der Mann an dem von Ihnen erwähnten Gift gestorben ist?«

»Ich weiß, daß ich Gift in einer Menge gefunden habe, die tödlich wirken *kann* und vermute daher, daß der Tod durch dieses Gift verursacht wurde.«

»Weshalb schickten Sie denn die Organe zur Universität?«

»Weil ich eine noch genauere Untersuchung gemacht haben wollte.«

»Weil Sie noch anderes Gift im Körper vermuteten?«

»Ich hielt es für zweckmäßig, noch nach möglichen Spuren ande-

rer Gifte suchen zu lassen.«
»Also waren Sie nicht überzeugt, daß der Tod durch Zyankali verursacht wurde?«
»Gewiß war ich das. Aber ich wollte sehen, ob noch andere Faktoren mitgewirkt haben konnten – ob sich vielleicht Spuren von sogenannten Knockouttropfen oder einem Barbiturat nachweisen ließen, durch das die Widerstandskraft des Mannes so herabgesetzt wurde, daß es möglich war, ihm das Gift zuzuführen.«
Mason dachte mit gefurchter Stirn darüber nach.
»Weiter«, sagte Richter Siler.
»Einen Moment bitte, Euer Ehren«, sagte Mason. »Ich glaube, dadurch ergeben sich völlig neue Aspekte.«
»Ich sehe nicht ein, inwiefern«, meinte der Richter.
»Offenbar hatte man doch«, erklärte Mason, »beim Sheriff eine bestimmte Theorie über die Art, wie das Gift in den Körper gelangte, eine Theorie, zu der gewisse Feststellungen Dr. Hoxies nicht zu passen scheinen.«
»Na, das leuchtet mir wirklich nicht ein«, sagte Richter Siler. »Fahren Sie mit Ihrer Befragung fort.«
»Gern«, erwiderte Mason lächelnd. »Haben Sie im Magen des Toten nach Anzeichen von Schokolade gesucht, Doktor?«
»Das habe ich. Überhaupt den ganzen Mageninhalt sorgfältig analysiert.«
»Und was fanden Sie?«
»Ich fand, daß der Mann, etwa eine Stunde nachdem er Eier mit Speck gegessen hatte, gestorben war. Wahrnehmbare Spuren von Schokolade habe ich nicht gefunden.«
»Haben Sie das Blut auch auf Alkoholgehalt untersucht, Doktor?«
»Das auch.«
»Und fanden?«
»Einen Alkoholgehalt von 0,15 Prozent.«
»Wie würden Sie also das Stadium der Trunkenheit bei diesem Mann bezeichnen, in dessen Körper Sie 0,15 Prozent Alkohol feststellten?«
»Er war im Anfang des Rauschzustandes und mußte nach der von dem Experten G. W. Muehlberger entworfenen Skala als

›leichtsinnig und zu Dummheiten disponiert‹ bezeichnet werden.«
»Die Wirkung des Alkohols hätte er also gespürt?«
»Ja.«
»Und wäre diese Wirkung äußerlich bei ihm aufgefallen?«
»Wahrscheinlich schon dem zufälligen Beobachter, bestimmt aber dem geschulten.«
»Ich nehme an, Doktor«, sagte Mason wie nebenher, »daß Sie, während Ihr Interesse zur Zeit der Obduktion vorwiegend der Ermittlung der Todesursache galt, auch Schritte getan haben, um den Toten zu identifizieren?«
»Ich war dabei, als entsprechende Schritte unternommen wurden.«
»Sie hegen persönlich keinerlei Zweifel, daß es sich bei dem Toten um Edward Davenport handelt?«
»Nicht den kleinsten.«
»Gestatten Sie mir eine hypothetische Frage, Doktor. Angenommen, dieser Mann wäre durch Zyankali vergiftet worden, das er durch Pralinen einer Sorte zu sich nahm, wie sie die zwischen Mr. Davenports Sachen im Motel in Crampton gefundene Schachtel enthielt – wäre der Tod dann fast sofort eingetreten?«
»Er wäre sehr schnell eingetreten.«
»Mit anderen Worten: es war in jedem Stück der Pralinen, das Zyankali enthielt, genug davon, um den Tod so gut wie sofort zu verursachen?«
»Nicht in jedem Stück, Mr. Mason. Ein paar Pralinen enthielten Arsenik und –«
»Ich versuche nicht, Ihnen eine Falle zu stellen, Doktor«, unterbrach ihn Mason. »Ich meinte nur die Pralinen mit Zyankali.«
»Dann trifft es zu. Jawohl, Sir.«
»Die Entwicklung der Symptome und die Bewußtlosigkeit treten also sehr schnell ein, wenn dem Körper Zyankali in solcher Menge zugeführt wird, wie sie in den Pralinen entdeckt wurde?«
»Ja.«
»Wenn nun der Dahingeschiedene gestorben wäre, weil er eine dieser Pralinen gegessen hat – würden Sie dann nicht Reste

von Schokolade in seinem Magen gefunden haben?«
»Damit kämen wir freilich in eine unklare Situation«, sagte Dr. Hoxie. »Aber ich würde es annehmen.«
»Und haben Sie solche Merkmale von Schokolade gefunden?«
»Nein.«
»Sie hätten aber damit gerechnet, welche zu finden, wenn der Mann eine vergiftete Praline gegessen hätte?«
»Offen gestanden: ja. Es sei denn, er hätte nur in das Stück gebissen, das normalerweise seinen Tod verursachen konnte – hätte es jedoch, weil ihm ein sonderbarer Geschmack auffiel, ausgespien und trotzdem noch genug von der darin enthaltenen Flüssigkeit geschluckt, um daran zu sterben. Das ist nämlich meiner Ansicht nach passiert. Gerade das leuchtet mir nach allen bekannten Tatsachen am ehesten ein, doch ich kann keinen Beweis im medizinischen Sinne finden, der mich zur Aussage berechtigt, daß es so passiert *ist*. Persönlich vermag ich nicht einzusehen, auf welche Weise er soviel von dem Gift in den Magen bekommen haben soll, wie ich fand, wenn er nicht mindestens den Inhalt einer ganzen Praline in sich aufgenommen hat.«
»Jedenfalls wissen Sie demzufolge nicht mit Sicherheit, wie das Gift, das ihm den Tod brachte, in seinen Körper gelangt ist?«
»Nein, Sir.«
»Wie lange war er schon tot gewesen?«
»Das kann ich nicht genau fixieren, schätze aber, wie schon gesagt, vierundzwanzig bis sechsunddreißig Stunden.«
»Wie verhält es sich mit der sogenannten Totenstarre, Doktor?«
»Als ich meine Untersuchung machte, war diese Starre im Unterleib und den Beinen noch erkennbar, während Hals und Schultern bereits wieder schlaff waren.«
»Und die Fahlheit der Haut nach dem Tode, die Leichenblässe?«
»Die war deutlich sichtbar und ließ darauf schließen, daß die Lage des Körpers nach dem Tode – das heißt: innerhalb einer kurzen Spanne nach dem Tode – nicht verändert worden war.«
»Die Totenstarre beginnt doch, wenn ich nicht irre, zuerst im Gesicht und den Kiefern und erstreckt sich dann allmählich auf die unteren Körperpartien, nicht wahr?«

»Sehr richtig.«
»Und verläßt die Körperteile in derselben Reihenfolge?«
»Ja, Sir.«
»Wie lange dauert es, bis sie eintritt?«
»Verschieden. Unter gewöhnlichen Umständen acht bis zwölf Stunden.«
»Nun hatte sie in diesem Fall schon den ganzen Körper erfaßt, und war bereits im Rückgang – stimmt das?«
»Im wesentlichen, ja.«
»Nach maßgeblichen Erkenntnissen dauert es, glaube ich, bis der ganze Körper in Totenstarre gerät, etwa achtzehn Stunden?«
»Das ist verschieden.«
»Aber Sie würden sagen, daß es im wesentlichen stimmt, ja?«
»Ich würde sagen: es ist denkbar. Jawohl.«
»Sie beziehen sich doch jetzt auf den Zustand der Leiche zu der Zeit, als Sie diese sezierten?«
»Ja, darauf.«
»Sie sagten, glaube ich, daß Sie die Obduktion gegen Mitternacht durchführten?«
»Ja, Sir.«
»Und beziehen sich auf den Zustand der Leiche, wie Sie sie zuerst sahen?«
»Ja.«
»Demnach müßte, allgemein ausgedrückt, der Mann zwischen zwei Uhr nachmittags und sieben Uhr abends am Tage *vorher*, also Montag, dem Zwölften, gestorben sein. Ist das richtig?«
»Hm – bedingt richtig. Die Totenstarre ist außerordentlich variabel. Sie hängt ab von der Temperatur, auch von anderen Umständen. Ich habe erlebt, daß sie sich beinahe sofort entwickelte, wenn der Tod nach körperlicher Anstrengung eingetreten war unter Temperaturen, die –«
»Waren in unserem Fall Anzeichen körperlicher Anstrengung zu erkennen?«
»Nein, gar keine.«
»Sie würden nicht gern nach Ihrer Beurteilung der Starre eine Todeszeit fixieren?«
»Nein, nicht als unbedingt maßgebend.«

»Sie wissen aber, daß nach den Ermittlungen Dr. LeMoyne-Snyders, einer Autorität auf diesem Gebiet, unter normalen Umständen das von Ihnen in diesem Fall bemerkte Stadium der Totenstarre den Schluß zuläßt, daß der Tod zwischen zwei und sieben Uhr nachmittags am Tage vorher eingetreten ist?«

»Ja, Sir, das denke ich auch.«

»Nicht, was Sie denken, Doktor, sondern was Sie *wissen.*«

»Ja, es trifft zu.«

»Hatten Sie nun dieses Faktum als wesentlich bei unserem Fall berücksichtigt?«

»Offen gesagt: nein.«

»Warum nicht, Doktor?«

»Weil bereits ein Arzt in seiner Bescheinigung die Todeszeit als zwischen zwei und drei Uhr nachmittags am Vortage liegend angegeben hatte und man sich allein unter Berücksichtigung der Totenstarre nicht auf einen untrüglich sicheren Zeitpunkt festlegen kann. Dr. Snyder und andere Fachärzte beschäftigen sich nur mit Durchschnittsfällen, und auch sie können keine für jeden Todesfall unbedingt gültigen Regeln aufstellen. Sie sprechen in allgemeinen Begriffen, und es gibt nichts, was so irreführen kann – oder ich will lieber sagen: was nach den Bedingungen des Augenblicks so variieren kann – wie der Beginn der Rigor mortis.«

»Die Symptome der Arsenikvergiftung sind Ihnen bekannt?«

»Gewiß, Sir.«

»Würden Sie sie beschreiben?«

»Allgemein macht sich ein Brennen in Mundhöhle und Kehle bemerkbar, es treten Leibkrämpfe mit Übelkeit und Erbrechen auf, zumeist auch Durchfall. Unter gewissen Bedingungen verzögern sich manchmal die ersten Symptome, doch in der Regel treten gerade die ersten nach Einführung des Giftes sehr schnell auf.«

»Ich danke Ihnen, Doktor«, schloß Mason. »Weitere Fragen habe ich nicht.«

Vandling sagte: »Harold Titus bitte in den Zeugenstand.«

Titus kam nach vorn, wurde vereidigt und sagte aus, daß er, als Deputy Sheriff, sich auf das Studium von Fingerabdrücken spezialisiert habe. Er sei zugegen gewesen, als Edward Davenports

Leiche in dem Grab fünf Kilometer von Crampton entdeckt wurde, habe dort Fingerabdrücke des Toten genommen, den Daumenabdruck mit dem auf Davenports Führerschein verglichen und die absolute Gleichheit festgestellt.
»Hatten Sie im Zusammenhang mit diesem Fall vorher schon eine Untersuchung im Motel in Crampton vorgenommen?« setzte Vandling sein Verhör fort.
»Ja, das hatte ich, Sir.«
»Um welche Zeit ist das gewesen?«
»Gegen 3.30 Uhr am Nachmittag des Zwölften.«
»Das war also Montag?«
»Jawohl, Sir.«
»Was fanden Sie dort vor?«
»Eine verschlossene Kabine, in der sich der Tote befinden sollte. Die Tür wurde geöffnet, aber es war weder eine Leiche noch sonst jemand in dem Raum. Ein Fenster war offen. Im Zimmer fand ich Männerzeug, eine Reisetasche, eine Schachtel Pralinen. Ferner eine Brieftasche mit mehreren Ausweispapieren, aus denen ersichtlich wurde, daß die Kabine von einem gewissen Edward Davenport bewohnt gewesen war.«
»Haben Sie zu der Zeit mit der Angeklagten, Myrna Davenport, dort gesprochen?«
»Ja, das habe ich, Sir.«
»Machte sie Ihnen Angaben, die der Identifizierung des Mannes dienen sollten, der die Kabine bewohnt hatte?«
»Jawohl, Sir.«
»Als wen bezeichnete sie den Mann?«
»Als ihren Ehemann, Edward Davenport.«
»Was sagte sie über seinen Zustand?«
»Daß er im Sterben gelegen habe, als sie und ihre Begleiterin, eine Mrs. Ansel, im Motel ankamen.«
»Sagte sie auch, ob sie und Mrs. Ansel Zutritt zu dem Raum hatten?«
»Ja. Sie sagte, sie seien beide hineingegangen, sie selbst habe sich später zurückgezogen, und kurz danach sei es mit ihrem Mann schlimmer geworden: er habe kaum noch atmen können. Der Arzt sei dagewesen und habe erklärt, sein Zustand sei sehr bedenklich. Der Arzt sei auch bei ihm gewesen, als er starb. Er

habe die Kabine zugeschlossen mit der Erklärung, die Umstände bei dem Todesfall seien derart, daß er keinen Totenschein ausstellen könne.«

»Hat sie sonst noch Angaben gemacht?«

»Ja, einige Angaben darüber, daß sie aus dem Benehmen des Arztes den Eindruck gewonnen habe, er wolle insinuieren, *sie* hätte ihren Mann ermordet, was sie natürlich mit Entrüstung zurückgewiesen habe.«

»Und wie haben Sie selbst zu der Zeit die Sache beurteilt?«

Titus erwiderte lächelnd: »Wir hatten erfahren, daß Edward Davenport ein starker Trinker war, forschten in der Umgebung weiter und fanden einen Zeugen, der gesehen hatte, wie jemand in demselben Schlafanzug, den Davenport trug, aus dem Fenster der Kabine stieg, woraus wir schlossen, daß der Knabe mächtig einen geschmettert haben mußte.«

»Was unternahmen Sie dann?«

»Wir haben, weil Dr. Renault darauf bestand, den Schlüssel zu der betreffenden Kabine an uns genommen und weitere Nachforschungen betrieben.«

»Wurden die Angeklagte oder ihre Begleiterin, Mrs. Ansel, in ihrer Bewegungsfreiheit beschränkt?«

»In keiner Weise.«

»Und was taten die beiden?«

»Sie hielten sich in einer anderen Kabine des Motels auf.«

»Sie haben ihnen den Schlüssel zu der fraglichen Kabine nicht gegeben?«

»Aber nein!«

»Haben ihn bei sich behalten?«

»Jawohl, Sir.«

»Wurde der Versuch gemacht, die Angeklagte unter Aufsicht zu halten?«

»Zu der Zeit noch nicht, aber später.«

»Was geschah dann?«

»Sie sagte uns, sie wollte die Nacht in dem Motel bleiben, aber so um – oh, ich weiß es nicht genau, aber gegen sieben Uhr wohl, rief der Hotelgeschäftsführer uns an und meldete, daß sie und Mrs. Ansel abgereist seien. Wir konnten ihre Spur bis Fresno aufnehmen und stellten dort fest, daß sie nach San Fran-

cisco geflogen waren.«
»Was taten Sie daraufhin?«
»Wir ersuchten die Polizei in San Francisco, telefonisch, sie zu beschatten, sobald sie das Flugzeug verließen.«
»Und das geschah auch?«
»Nun, das weiß ich natürlich nur aus Berichten.«
»Ist klar. Ich will Sie auch nicht fragen, was andere getan haben. Wann haben denn Sie die Angeklagte zuerst wiedergesehen?«
»Das war am Vierzehnten.«
»Um welche Zeit?«
»Gegen 4.30 Uhr nachmittags.«
»Und wo?«
»In Ihrem Büro.«
»Sie haben da mit ihr gesprochen?«
»Ja.«
»Was hat damals, ganz allgemein, die Angeklagte zu Ihnen über eine Schachtel Pralinen gesagt, die ihr vorgelegt worden war?«
»Sie behauptete, diese Schachtel selbst gekauft und in den Handkoffer ihres Mannes getan zu haben, und erklärte, daß ihr Mann, der ein starker Trinker sei und periodische Trunksuchtsanfälle habe, immer eine Schachtel Pralinen bei sich habe. Wenn ihn das Verlangen nach Alkohol packte und er dann Pralinen zu essen hatte und sich sozusagen in einen Pralinenrausch stürzte, hätte er die Gier nach Alkohol unterdrücken können.«
»Sie hat zu Ihnen geäußert, daß sie diese Schachtel Pralinen selbst kaufte?«
»Ja, Sir.«
»Hatten Sie sie bei dieser Gelegenheit gefragt, ob sie die Schachtel aufgemacht und mit den Pralinen hantiert hat?«
»Sie sagte mir, sie hätte die Schachtel selbst gekauft und sie ungeöffnet, wie sie aus dem Laden kam, in den Koffer ihres Mannes gelegt. Nur das äußere Einwickelpapier hätte sie abgemacht, weil sie gleichzeitig zwei Schachteln kaufte, aber die Cellophanhülle so gelassen wie sie war.«
»Haben Sie sich die Schachtel näher angesehen?«
»Ja, Sir.«

»Um nach Fingerabdrücken zu suchen?«
»Jawohl.«
»Was entdeckten Sie?«
»Zwei Pralinen mit Abdrücken vom rechten Daumen und rechten Zeigefinger der Angeklagten.«
»Haben Sie diese Abdrücke fotografieren können?«
»Ja.«
»Haben Sie die Fotos bei sich?«
»Jawohl.«
»Zeigen Sie sie bitte dem Verteidiger der Angeklagten. Anschließend bitte ich, sie zu den Asservaten zu nehmen.«
»Keinen Einwand«, sagte Mason, indem er die Fotos flüchtig betrachtete.
»Waren Sie später zugegen«, fuhr Vandling fort, »als die Pralinen mit den Fingerabdrücken auf Gift untersucht wurden?«
»Jawohl, Sir.«
»Und diese beiden Pralinen wurden in Ihrer Gegenwart auf Gift untersucht?«
»Jawohl, Sir.«
»Kreuzverhör bitte«, sagte Vandling.
Mason begann im leichten Gesprächston: »Ist Ihnen bekannt, was in bezug auf Gift in diesen zwei Pralinen festgestellt wurde?«
»Nur vom Hörensagen.«
»Das heißt: nach den Worten des Toxikologen, der die Analyse machte?«
»Jawohl, Sir.«
»Aber Sie waren dabei?«
»Ja.«
»Wie drückte er sich aus?«
»Er sagte, beide Pralinen enthielten Zyankali, sämtliche andern aber Arsenik.«
»Sie wissen, daß Arsenik gewöhnlich nur langsam den Tod verursacht?«
»Ja, Sir.«
»Und Zyankali ihn sehr schnell bewirkt?«
»Jawohl.«
»Haben Sie, als mit den Ermittlungen beauftragter Beamter,

festzustellen versucht, warum die zwei Stücke, die mit sofort tödlich wirkendem Gift gefüllt waren, mit andern gemischt wurden, die nur allmählich den Tod verursachen konnten?«

»Nein, Sir. Das heißt: ich fragte die Angeklagte danach, die aber mehrmals nur erwiderte, sie habe die Schachtel nie geöffnet und kein Stück von dem Konfekt berührt.«

»Das genügt«, sagte Mason. »Keine weiteren Fragen.«

»Ich rufe nun Sara Ansel in den Zeugenstand«, sagte Vandling. Sara Ansel, die im Hintergrund des Gerichtsraumes gesessen hatte, erhob sich und trat in den Zeugenstand. Sie hielt die rechte Hand hoch, sprach die Eidesformel, lächelte Myrna ermunternd zu und setzte sich.

»Sie sind Sara Ansel«, sagte Vandling. »Sie wohnen zur Zeit in Los Angeles, zusammen mit der Angeklagten, in einem Haus, das früher William C. Delano gehörte. Ist das richtig?«

»Ist es«, antwortete sie bissig.

»Waren Sie mit William C. Delano zu seinen Lebzeiten wiederholt zusammen?«

»Wiederholt, ja.«

»Auch kurz vor seinem Tod waren Sie bei ihm im Haus?«

»Ja.«

»Wie lange?«

»Etwa einen Monat.«

»Können Sie mir ein allgemeines Bild von seinem Haushalt während dieses Monats geben? Wer war dort alles?«

»Ich selbst also, und seine Nichte, Hortense Paxton, und Myrna und Ed Davenport. Myrna kam hin, um mit im Haushalt zu helfen.«

»Und was ist Hortense Paxton zugestoßen?«

»Sie starb.«

»Und nach ihr starb William Delano?«

»Ja.«

»Wie lange etwa nach ihrem Tode starb er?«

»Etwas über zwei Wochen.«

»Und in den zwei Wochen war er schwer krank?«

»Ja.«

»Und er änderte sein Testament, das heißt: er machte während dieser Zeit ein neues?«

»Das weiß ich nicht.«
»Hat er Ihnen nicht in Gegenwart der Angeklagten, Myrna Davenport, erzählt, daß er ein neues Testament aufsetzen wolle?«
»So ausführlich nicht. Es kamen Anwälte ins Haus, und er wollte ein Schriftstück aufgesetzt haben. Er war ja schwer krank.«
»Unter den Bedingungen dieses letzten Testaments erbten Sie auch Geld, nicht wahr?«
»Das geht Sie nichts an.«
»Unter den Bedingungen dieses letzten Testaments erbten Sie auch Geld, nicht wahr?« wiederholte Vandling seine Frage mit Nachdruck.
»Antworten Sie«, sagte Richter Siler.
»Ja, Sir«, sagte sie schroff.
»Wieviel?«
»Einhunderttausend Dollar und ein Fünftel Anteil an seinem großen Haus.«
»Wann kamen Sie zum erstenmal mit Myrna Davenport, der Angeklagten, zusammen?«
»Als ich William Delano besuchte.«
»Wohnte sie damals mit in dessen Haus?«
»Nein, damals nicht. Sie half dort bei der Arbeit, half Hortense, aber –«
»Einen Moment mal: wenn Sie sagen ›Sie half Hortense‹, meinen Sie doch damit die verstorbene Hortense Paxton?«
»Ja.«
»Und Hortense Paxton führte William Delano den Haushalt, beaufsichtigte das Personal und betreute ihn?«
»Ja.«
»Sie hatte das schon einige Zeit getan, ja?«
»Über zwei Jahre hatte sie bei ihm gewohnt. Sie war sein Liebling und ihm sehr ans Herz gewachsen.«
»Und kurz nachdem Sie zu William Delano auf Besuch kamen, erschien die Angeklagte, Myrna Davenport, und zog mit in das Haus. Stimmt das?«
»Nun, ganz so einfach war das nicht. Ich meine: es läßt sich nicht so in Perioden einteilen. Zuerst kam Myrna zu Besuch, um Hortie zu helfen –«

»Mit Hortie meinen Sie auch Hortense Paxton?«
»Natürlich.«
»Schön. Bitte weiter.«
»Sie kam wiederholt besuchsweise zum Helfen, und dann entschloß sie sich, mit ins Haus zu ziehen, und das – nun, das kann kurz vor oder kurz nach meiner Ankunft gewesen sein, ich weiß es nicht mehr – jedenfalls zogen dann sie und Edward, also ihr verstorbener Mann, ins Haus und blieben dort wohnen.«
»Aber Mr. Davenport behielt seine Geschäftsräume in dem Haus bei, in dem er mit seiner Frau Myrna gewohnt hatte, in Paradise, das zu Kalifornien und zu unserem Bezirk gehört?«
»Ja.«
»Anfangs also, das heißt: während des ersten Teils Ihres Aufenthalts, war Edward Davenport mit seiner Frau dort?«
»Ja.«
»Wieviel von dieser Zeit etwa?«
»Ziemlich lange.«
»Nachdem Sie hinkamen, und kurz nach Delanos Tod, begann Mr. Davenport oft von zu Hause fortzubleiben, nicht wahr?«
»Was meinen Sie jetzt mit ›zu Hause‹?«
»Damals war es doch das Haus, in dem William Delano gestorben war, oder nicht?«
»Ich denke doch. Ja.«
»Dieses Haus habe ich also gemeint, während ich von jetzt an das Haus in Paradise als sein Bürohaus bezeichnen werde.«
»Ist mir recht so.«
»Kurz nachdem Sie einzogen, fiel Ihnen auf, daß Mr. Davenport dem Haus fernzubleiben begann, nicht wahr?«
Sara Ansel erklärte: »Ich weiß nicht, worauf Sie hinauswollen, will Ihnen aber ehrlich sagen, daß ich mit Ed Davenport nicht gut stand. Das hatte jedoch mit seinen Reisen nichts zu tun. Er mochte mich nicht, und das ließ er mich auch spüren, trotzdem ich zu ihm so nett war wie möglich. Er glaubte nämlich, ich hetzte Myrna gegen ihn auf. In Wirklichkeit habe ich nur versucht, Myrna die Augen zu öffnen, damit sie merkte, was vorging und wie er sie bestahl.«
Sara Ansel blickte Vandling herausfordernd an.

»Sie wußten, was er machte?«
»Aber sicher wußte ich das! Ich bin ja nicht von gestern.«
»Woher konnten Sie das denn wissen?«
»Nun, indem ich ihm Fragen stellte und bei seinen Antworten aufpaßte, wie er sich benahm und so.«
»Und er hat gewußt, daß Sie über seine Geldgeschäfte orientiert waren?«
»Sicher wußte er das, denn ich habe daraus nie ein Geheimnis gemacht. Das heißt: ich habe ihm ganz präzise Fragen gestellt.«
»In Gegenwart seiner Frau?«
»Natürlich, denn sie wollte ich ja dadurch wachmachen.«
»Und haben dann mit ihr unter vier Augen gesprochen?«
»Ja.«
»Ihr geraten, sie solle sich einen Anwalt nehmen?«
»Ja.«
»Und außerdem?«
»Daß sie Privatdetektive beauftragen könnte, um ihm auf der Spur zu bleiben. Er trieb sich ja dauernd im Lande herum. Beauftragte Myrna, ihm einen Koffer zu packen, als ob er mit einem Dienstmädchen redete, und sagte bloß, er müsse wieder mal nach einer von seinen Erzminen fahren. Nicht mal nach welcher sagte er ihr.«
»Er besaß mehrere?«
»Ja, seitdem er ihr Geld in die Finger bekommen hatte, erweiterte er seine Geschäfte, wobei er alle Transaktionen so vermengte, daß keiner durchfinden konnte.«
»Er benutzte also das Vermögen seiner Frau?«
»Selbstverständlich!«
»Ist Ihnen bekannt, in welcher Form er diese Transaktionen vornahm? Hat er Mrs. Davenport ihr Guthaben schriftlich bestätigt?«
»Fiel ihm gar nicht ein! Er übertrug einfach ihr Geld auf ein gemeinsames Konto, und von dem durfte sie knapp so viel abheben, wie sie für den Haushalt und hin und wieder für ein Kleid brauchte.«
»Also hatte Myrna Davenport zu einem gewissen Zeitpunkt – sagen wir: vor einer Woche – allen Grund, ihrem Mann zu mißtrauen und ihn zu hassen, nicht wahr?«

»Worauf zielen Sie denn jetzt hin? Sie legen mir ja Worte in den Mund!«
»Ich fasse nur zusammen, was Sie mir erklärt haben. Sie hatten doch zu Mrs. Davenport gesagt, ihr Mann veruntreue ihr Geld?«
»Ich hatte den Verdacht.«
»Daß er sich ganz einfach ihre Erbschaft anzueignen versuchte, so daß er sie seinen eigenen Vermögenswerten zuschlagen und alles so ineinanderschachteln konnte, daß sie letzten Endes die Verliererin war?«
»Ja.«
»Vor etwa zehn Tagen verkündete nun Edward Davenport, er wolle in sein Bürohaus nach Paradise fahren, nicht wahr?«
»Ja.«
»Und bat seine Frau, ihm einen Koffer zu packen?«
»Ja.«
»Wurde dabei etwas von Pralinen erwähnt?«
»Ich erfuhr später, daß sie zwei Schachteln Pralinen gekauft hatte.«
»Und daß eine davon in den Koffer kam?«
»Ich glaube wohl, aber das habe ich nicht mit eigenen Augen gesehen.«
»Wußten Sie etwas davon, daß Mrs. Davenport Gifte besaß?«
»Sie ist eine begeisterte Gärtnerin und hat mit verschiedenen Spritzgiften experimentiert, die sie selbst mischte. Dazu hatte sie eine Art Rezept für das Bespritzen von Pflanzen.«
»Besaß sie Arsenik und Zyankali?«
»Das weiß ich nicht.«
»Haben Sie mit ihr jemals über Gift gesprochen?«
»N – ja.«
»Und sie sagte Ihnen, daß sie Arsenik und Zyankali hätte?«
»Sie sagte mir, sie hätte einige Sachen zum Pflanzenbespritzen.«
»Ob sie Ihnen gesagt hat, daß sie Arsenik und Zyankali besaß?«
»Ja.«
»Hat sie mit Ihnen über die Tatsache gesprochen, daß sie versucht hatte, diese Gifte zu verstecken und sie so zu vergraben, daß die Polizei sie nicht finden könne?«

Langes Schweigen trat ein.
»Beantworten Sie die Frage«, sagte Vandling.
»Ja«, erwiderte Sara Ansel.
»Und Sie sahen auch selbst, wie sie eine Anzahl solcher Päckchen mit Gift vergrub?«
»Sie wollte sich nicht einer langen Fragerei aussetzen und da –«
»Sahen Sie selbst, daß sie diese Gifte vergrub?«
»Ich sah sie ein Loch graben. Was sie hineintat, weiß ich nicht.«
»Hat sie Ihnen gesagt, was sie hineintat?«
»Gifte.«
»Ich will jetzt Ihre Aufmerksamkeit auf Montag, den Zwölften, lenken: waren Sie und Mrs. Davenport an jenem Tag im Hause Delano?«
»Ja.«
»Und Sie haben da am Vormittag, etwa um neun Uhr, einen Telefonanruf von einem Arzt in Crampton angenommen – von einem Dr. Herkimer C. Renault, nicht wahr?«
»Ja. Dieser Anruf kam.«
»Nahmen Sie ihn an oder Mrs. Davenport?«
»Ich.«
»Und was hat Dr. Renault zu Ihnen gesagt?«
»Er fragte nach Mrs. Davenport. Ich erklärte ihm, ich sei Myrna Davenports Tante und könne jede Mitteilung für sie annehmen, worauf er sagte, er hätte ernste Nachrichten über ihren Mann.«
»Was wurde in dem Gespräch zum Ausdruck gebracht, Mrs. Ansel?«
»Dr. Renault teilte mir mit, Mr. Davenport befände sich in einem Motel in Crampton und sei schwer erkrankt und in einem sehr bedenklichen Zustand. Er habe festgestellt, daß der Mann unter hohem Blutdruck und Arterienverkalkung litte, und hielte es daher für ratsam, daß Mrs. Davenport so schnell wie möglich hinkäme.«
»War Ihnen persönlich schon vor diesem Zeitpunkt bekannt, daß Mr. Davenport einen gewissen Brief hinterlassen hatte, der im Falle seines Todes der Polizei ausgehändigt werden sollte?«
»Er hatte Myrna beschuldigt – ach, so vielerlei – und auch mal erwähnt, er hätte einen Brief hinterlegt, der, falls ihm etwas zustieße, der Polizei übergeben werden sollte.«

»Und Sie begaben sich mit Mrs. Davenport ins Büro von Mr. Mason und engagierten ihn. Er sollte nach Paradise fahren und den Brief holen, so daß er nach dem Tod Mr. Davenports nicht an die Behörden gelangte? War es nicht so?«

»Jetzt, Euer Ehren«, sagte Mason, »bin ich gezwungen, Einspruch zu erheben, weil es sich hier um vertrauliche Mitteilungen zwischen Klientin und Anwalt handelt.«

»Haben Sie Mr. Mason beauftragt oder nicht?« fragte Vandling Sara Ansel.

»Ich? Bestimmt nicht. Was sollte ich denn mit einem Rechtsanwalt?«

»Aber Myrna Davenport bestellte den Anwalt?«

»Sie sagte ihm, was er tun sollte.«

»Und Sie sagten ihm *auch*, was er tun sollte, nicht wahr?«

»Nun, Myrna war ja ganz durcheinander, und da –«

»Und Sie sagten ihm auch, was er tun sollte, habe ich Sie gefragt.«

»Na ja, ich habe ihm vielleicht ein paar Einzelheiten erklärt.«

»Und waren bei dem ganzen Gespräch zugegen?«

»Ja.«

»Berichten Sie uns, was da alles besprochen wurde.«

»Ich erhebe Einspruch«, sagte Mason. »Es handelte sich um vertrauliche Mitteilungen.«

»Nicht, wenn eine dritte Person zugegen war«, hielt Vandling ihm vor.

Richter Siler sagte: »Bei Ihrer letzten Frage ging es also um die Instruktionen, die Mrs. Davenport als Klientin dem Rechtsanwalt Mason erteilt hat, nicht wahr?«

»Ja, Euer Ehren, aber erteilt in Gegenwart von Mrs. Ansel, einer dritten Person«, hob Vandling hervor.

»Dann dürfte die Frage nicht zulässig sein«, sagte der Richter.

»Wenn der Gerichtshof gestattet: ich habe Präzedenzentscheidungen für derartige Rechtslagen zur Hand, nach denen die Frage einwandfrei zulässig ist.«

»Schön, dann werde ich diese Präzedenzen studieren«, entgegnete Richter Siler. »Allerdings brauche ich dazu etwas Zeit. Mir persönlich will es nicht gefallen, die Gespräche eines Klienten mit seinem Anwalt zur Beweisführung heranzuziehen.«

»Ich werde Euer Ehren diese kommentierten Urteile geben, damit –«
»Bitte einen Moment«, unterbrach ihn der Richter. »Ich könnte sie ja während der Mittagsstunden durchsehen. Weshalb müssen Sie denn auch gerade jetzt diese Frage aufwerfen? Könnten Sie nicht die Zeugin zurückziehen und erst einen andern Zeugen vornehmen?«
»Gewiß, ja, das könnte ich«, erwiderte Vandling.
»Na schön. Dagegen ist doch nichts einzuwenden? Wir haben eine bestimmte Frage, haben Mr. Masons Einspruch dagegen und haben maßgebliche gerichtliche Entscheidungen über diesen Punkt. Nach der Mittagspause werde ich über die Frage für uns entscheiden, und dann mag, je nachdem wie die Entscheidung ausfällt, die Zeugin sie beantworten oder nicht und der Verteidiger sein Kreuzverhör beginnen.«
»Sehr recht«, sagte Vandling. »Mrs. Ansel, Sie dürfen den Zeugenstand verlassen.«
Sara Ansel schob sich aus dem Stand, nicht ohne Vandling einen funkelnden Blick zuzuwerfen.
»Aber verlassen Sie nicht die Stadt«, warnte Vandling. »Denken Sie daran, daß Sie unter Zeugniszwang stehen. Sie haben sich hier im Gericht für alle Sitzungen zur Verfügung zu halten, müssen also auch nach der Mittagspause wieder hier sein.«
»Ja«, erwiderte sie.
»Also sehen Sie zu, daß Sie nachher hier sind«, betonte Richter Siler. »Sie können jetzt Ihren nächsten Zeugen aufrufen, Mr. Vandling.«
»Ich werde nun Dr. Renault in den Zeugenstand rufen.«
Dr. Renault, ein schlanker, etwa fünfzigjähriger Mann, kam mit knappen Bewegungen und der kalten Miene des überlegenen Experten in den Zeugenstand und musterte den Staatsanwalt mit dunklen, ausdruckslosen Augen.
»Ihr Name ist Dr. Herkimer Corrison Renault?« fragte Vandling.
»Jawohl, Sir.«
»Sie sind berechtigt, sich als Doktor der Medizin in unserem Staat als praktischer Arzt zu betätigen?«
»Jawohl, Sir.«

»Wo üben Sie Ihre Praxis aus, Doktor?« fuhr Vandling fort.
»In Crampton.«
»Und wie lange schon?«
»Etwa drei Jahre.«
»Am Morgen des Zwölften sind Sie zur Behandlung eines Patienten gerufen worden, der in einem Motel in Crampton wohnte?«
»Ganz recht.«
»Wie hieß dieser Patient?«
»Edward Davenport.«
»Hatten Sie ihn bereits gekannt?«
»Nein, Sir.«
»Haben Sie die Leiche Edward Davenports nach der Exhumierung, aber vor der Obduktion gesehen?«
»Jawohl.«
»Waren Sie beim Sezieren zugegen?«
»Nein, Sir.«
»War die Leiche, die Sie sahen, die des von Ihnen am Zwölften behandelten Mannes?«
»Ja, Sir.«
»Hatten Sie am Zwölften dieses Monats mit der Angeklagten gesprochen?«
»Ja, Sir.«
»Und sie hatte den von Ihnen behandelten Patienten gesehen?«
»Jawohl.«
»Hat sie Ihnen zu erkennen gegeben, wer er war?«
»Ja.«
»In welcher Weise?«
»Nun, sie sagte, daß er ihr Mann sei, Edward Davenport.«
»Jetzt bitte ich Sie, genau darzulegen, wie Ihre Behandlung vor sich ging und wie Sie den Gesundheitszustand Mr. Davenports fanden.«
»Genau kann ich das nicht gut ausführen, ohne Ihnen erst zu erklären, was der Patient selbst mir erzählt hat«, begann Dr. Renault. »Er sagte mir, ihm sei nach dem Genuß einer Praline furchtbar übel geworden. Seine Frau versuche, ihn zu vergiften.«
»Sagte er, wann er sie gegessen hatte?«

»Etwa um sieben Uhr morgens.«
»Und um welche Zeit sahen Sie ihn zuerst?«
»Zwischen acht und neun Uhr.«
»Brachte er seine Erkrankung mit dieser Praline in Verbindung?«
»Jawohl.«
»In welcher Form hat er das ausgedrückt?«
»Er sagte mir, seine Frau hätte eine ihrer Verwandten vergiftet, um von einem im Sterben liegenden Onkel zu erben, und sie beabsichtige jetzt, sich von ihm zu befreien, und er habe versucht, Vorsichtsmaßnahmen zu treffen, und einen Brief hinterlassen, so daß, falls ihm etwas zustieße, die Behörden wüßten, was vorgegangen sei.«
»Was taten Sie?«
»Zuerst behandelte ich ihn auf Nahrungsmittelvergiftung, da ich seine Vorstellungen für übertrieben hielt. Aber alsbald kam mir der Gedanke, daß man ihn vielleicht doch vergiftet haben könnte. Auf jeden Fall verschlechterte sich sein Zustand immer mehr, und als ich ihn für bedenklich hielt, habe ich seine Frau telefonisch benachrichtigt. Sie kam dann auch und brachte eine Verwandte mit.«
»Und was geschah weiter?«
»Zwischen zwei und drei Uhr riefen sie bei mir an. Ich fuhr schleunigst ins Motel. Als ich in die Kabine trat, lag Mr. Davenport im Sterben.«
»Und weiter?«
»Ich fühlte seinen Puls und versuchte, ihm durch eine stärkende Herzinjektion zu helfen, auf die er jedoch nicht reagierte. Er wurde schwächer und verschied plötzlich.«
»Und was taten Sie – was konnten Sie noch machen?«
»Ich erklärte Mrs. Davenport, ich könnte unter diesen Umständen keinen Totenschein ausstellen und müßte dafür sorgen, daß alles so bliebe, wie es war. Dann verschloß ich den Raum und fuhr ab.«
»Was taten Sie weiter?«
»Ich benachrichtigte die Polizei.«
»Und?«
»Als ich mit den Beamten wieder kam, war der Tote entfernt.«

»Einen Moment, Doktor«, sagte Vandling. »Ihre Worte lauten ›Der Tote war entfernt‹.«

»Sehr richtig«, entgegnete Dr. Renault im Ton des exakten Wissenschaftlers, »der Tote war entfernt worden.« Er wartete einen Augenblick, dann wiederholte er langsam, jedes Wort stark betonend: *»Der Tote war entfernt worden.«*

»Warum drücken Sie das so aus, Doktor?«

»Weil Tote nicht aufzustehen und fortzugehen pflegen.«

»Sie waren überzeugt, daß Mr. Davenport tot war?«

»Ich *weiß*, daß er tot war, denn ich sah ihn sterben.«

»Es hat Fälle gegeben, in denen Fehler vorkamen. Daß man beispielsweise bei einem Zustand tiefer Bewußtlosigkeit, dem sogenannten Koma, versehentlich auf Tod diagnostizierte.«

»Das mag sein. Mir ist so ein Fehler nie unterlaufen. Ich glaube, Sie werden feststellen, daß diese Irrtümer ausnahmslos vorkamen, wenn ein Patient im Starrkrampf oder in unterbrochener Atemtätigkeit vorgefunden wurde, so daß der betreffende Arzt fälschlich den Tod vermuten konnte. Mit andern Worten: ich glaube nicht, daß diese Zustände vorliegen, wenn ein Arzt neben dem Patienten steht und den Tod tatsächlich eintreten sieht.«

»Wie lange waren Sie fort gewesen?« fragte Vandling. »Ich meine, wie lange es gedauert hat von dem Zeitpunkt, als Sie Mrs. Davenport den Tod ihres Mannes mitteilten, bis Sie mit den Polizeibeamten wiederkamen?«

»Ich möchte annehmen, daß es etwa eine Stunde war.«

»Demnach sind Sie bereit, zu erklären, daß Mr. Davenport – um welche Zeit gestorben ist, Doktor?«

»Ich bin bereit, zu erklären, daß er zwischen 2.30 Uhr und drei Uhr nachmittags starb. Ich habe nicht eigens nach der Uhr gesehen, aber ungefähr um die Zeit war es. Ich bin auch bereit, entschieden zu behaupten, daß eine oder mehrere Personen seine Leiche von dem Ort, wo er starb und ich ihn tot zurückließ, entfernt haben, bevor ich etwa eine Stunde später mit den Beamten wiederkam.«

»Kreuzverhör bitte«, sagte Vandling.

»Doktor Renault, wir wollen das vollkommen klarstellen«, begann Mason. »Sie haben also Edward Davenport zum erstenmal

zwischen acht und neun Uhr früh gesehen?«
»Das stimmt.«
»Welche Symptome zeigten sich bei ihm, als Sie die Behandlung begannen?«
»Er litt unter äußerster Schwäche und war dem völligen Zusammenbruch nahe.«
»Waren Symptome von Arsenikvergiftung bemerkbar?«
»Zu der Zeit nicht. Er erklärte mir, daß er alle Speisen durch Entleerung und Erbrechen wieder von sich gegeben habe, am ganzen Körper friere und Magenkrämpfe gehabt habe.«
»Das waren aber nicht Symptome von Arsenikvergiftung?«
»Ich will folgendes sagen, Mr. Mason. Wenn der Mann um, sagen wir, kurz vor sieben Uhr früh, Arsenik in den Körper aufgenommen hatte und körperlich so schwach war, daß eine große Dosis Gift fast augenblicklich Übelkeit hervorrief, dann konnte das Wiederauswürgen der Giftstoffe so gründlich erfolgen, daß sich Symptome ergaben, wie ich sie vorfand.«
»Davenport hatte Ihnen dann gesagt, er hätte seine Frau im Verdacht, ihn vergiften zu wollen?«
»Sehr deutlich sogar.«
»Daß er eine Praline aus einer Schachtel gegessen habe, die ihm seine Frau in den Handkoffer gepackt hatte, und er überzeugt sei, durch diese Praline vergiftet worden zu sein?«
»Ja, Sir.«
»Hat er Ihnen auch gesagt, wie es kam, daß er schon um sieben Uhr früh eine Praline aß?«
»Jawohl, Sir. Er tränke manchmal sehr viel Alkohol, und wenn ihn die übermäßige Sucht nach Alkohol erfaßte, gelänge es ihm bisweilen, sie durch Essen großer Mengen Pralinen zu besiegen.«
»Und so hat er«, fuhr Mason fort, »sobald er sich krank fühlte, die Praline in Verdacht gehabt?«
»Nun ja, so direkt hat er das nicht ausgedrückt, aber nach meinem Gefühl war das im wesentlichen seine Annahme. Jawohl.«
»Und er stand, als Sie zu ihm kamen, unter einer Schockwirkung und war äußerst deprimiert?«
»Ja, Sir.«
»Es machte sich keine Besserung bemerkbar?«

»Nein.«
»Sie hielten es für möglich, daß sein Ende nahte?«
»Jawohl, Sir.«
»Eher durch seine Schwäche und die Schockwirkung als durch das Arsenik?«
»In Hinblick auf seinen allgemeinen körperlichen Zustand muß ich das bejahen, Sir.«
»Sie riefen dann seine Frau herbei?«
»Ja.«
»Sind Sie über die Symptome bei Zyankalivergiftung genau im Bilde?«
»Gewiß, Sir.«
»Wie kommt es eigentlich«, sagte Mason, »oder besser: wie stellen Sie sich zu der Tatsache, daß dieser Mann, wenn er um neun Uhr morgens argwöhnte, daß die erste Praline vergiftet sei, um drei Uhr nachmittags wieder eine aß?«
»Oh, einen Moment«, fiel Vandling ein, »das ist ein strittiger Punkt.«
»Ich will nur die Meinung des Arztes erfahren«, sagte Mason. Richter Siler, der sich ziemlich passiv zu verhalten schien in der Erwartung, daß der Staatsanwalt alles im richtigen Fahrwasser halten würde, blickte ihn und Mason abwechselnd an.
»Er hat das *nicht* getan«, sagte Dr. Renault schroff.
»Was nicht getan?« fragte Mason.
»Hat keine Praline mehr gegessen.«
Vandling machte mit den Händen eine kleine Geste und sagte lächelnd: »Fragen Sie nur weiter. Der Doktor scheint ja seine Sache zu verstehen.«
»Sie haben die Aussage von Dr. Hoxie gehört, daß der Mann an Zyankalivergiftung gestorben ist?« setzte Mason sein Verhör fort.
»Jawohl, Sir.«
»Haben Sie Grund, seine Aussagen zu bestreiten?«
»Es steht mir nicht zu, einen Zustand zu bestreiten, den der Pathologe bei einer Obduktion gefunden hat.«
»Starb der Mann also an Zyankalivergiftung?« blieb Mason bei seinem Punkt. »Sie sahen ihn sterben, Sie kennen die Symptome. Zeigte er Symptome von Zyankalivergiftung?«

»Nein, Sir, die zeigte er nicht.«
»Zeigte er *nicht*?« wiederholte Mason.
Dr. Renault preßte die Kinnbacken zusammen. »Ich sagte schon: *Nein!*«
»Dann sind Sie der Meinung, daß nicht Gift seinen Tod verursacht hat?«
»Oh, halt, Mr. Mason. So liegt die Frage ganz anders. Ich *bin* der Meinung, daß Gift die Ursache war.«
»Aber Sie glauben nicht, daß es Zyankali gewesen ist?«
»Nein, Sir, das glaube ich nicht. Meine Überzeugung ist, daß sein Tod verursacht wurde durch den schweren Schock, der auf die Einnahme von Arsenik folgte, das allerdings größtenteils vom Körper wieder ausgeschieden wurde.«
»Warten Sie mal, bitte«, sagte Mason. »Sie waren doch der behandelnde Arzt und sahen selbst den Mann sterben.«
»Jawohl.«
»Und sind nicht der Meinung, daß er an Zyankali starb?«
»Nein, Sir, dieser Meinung bin ich nicht.«
»Darf ich etwas einschalten, Euer Ehren«, sagte Vandling, indem er sich erhob, zum Richter. »Hier entwickelt sich eine Situation, die ich nicht vorausgesehen habe. Leider muß ich zugeben, daß ich Dr. Renault bezüglich der Todesursache nicht vernommen hatte, weil es mir gewiß erschien, daß durch das Vorhandensein des Giftes, das bei der Obduktion gefunden wurde, die Todesursache vollkommen geklärt sei.«
»Sie werden Ihre Gelegenheit bekommen, das Verhör wieder aufzunehmen«, sagte Mason sofort. »Zur Zeit lege ich dem Doktor im Kreuzverhör ganz bestimmte Fragen vor und erhalte bestimmte Antworten. Ich möchte bitten, daß diese Antworten ins Protokoll kommen.«
»Im Protokoll sind sie ja schon«, gab Vandling zurück.
»Beabsichtigen Sie, gegen mein Kreuzverhör zu protestieren?« Vandling setzte sich wieder und antwortete: »Nein, machen Sie nur weiter. Wir wollen ja die Tatsachen ermitteln, mögen sie sein, wie sie wollen.«
»Also, um es ganz klarzustellen, Doktor«, begann Mason wieder. »Sie sahen, wie der Mann starb?«
»Ja, Sir.«

»Sie sind vertraut mit den Symptomen der Zyankalivergiftung?«
»Ja.«
»Und glauben *nicht,* daß dieses Gift den Tod verursacht hat?«
»Ich bin fest überzeugt, daß das nicht der Fall war, denn es war keins der typischen Symptome wahrzunehmen. Sein Tod war verursacht, wie schon erklärt, durch Schwäche, Schockwirkung und die Unfähigkeit, sich von der Aufnahme des Giftes zu erholen.«
»Sie *wissen* nicht, daß er Gift eingenommen hat?«
»Ich weiß, was er mir gesagt hat, und kann seine Symptome beurteilen.«
»Aber die meisten Symptome waren die von ihm selbst geschilderten, nicht wahr?«
»Nun, er hat sie mir natürlich beschrieben. Ärzte pflegen ja die Patienten danach zu fragen.«
»Sie *wissen* nicht, daß er *überhaupt* Gift in den Körper aufgenommen hat?«
»Ich weiß, daß er in einem Zustand war, der den von ihm selbst beschriebenen Symptomen entsprach.«
»Er sagte Ihnen, daß seine Frau ihn vergiften wolle, daß er eine Praline aus einer Schachtel gegessen habe, und nachdem er das –«
»Sofort nachdem er sie gegessen hatte«, ergänzte der Arzt.
»Also schön: sofort nachdem er sie gegessen hatte, überfielen ihn die Symptome, nämlich Schmerzen, Krämpfe und Erbrechen.«
»Jawohl, Sir.«
»Und Davenport war überzeugt, daß es Erscheinungen von *Arsenik*vergiftung waren?«
»Von einer Vergiftung. Ich glaube, Arsenik hat er nicht erwähnt. Ja, vielleicht doch.«
»Oder waren Sie derjenige, der es erwähnte?«
»Könnte sein.«
»Der Verstorbene hatte sich einige Zeit in Paradise aufgehalten, ja?«
»Sagte er jedenfalls.«
»Er war auf dem Wege zu seiner Wohnung in Los Angeles?«

»Ja.«
»Und sagte Ihnen, er habe eine Praline gegessen und sei danach krank geworden?«
»Das habe ich doch schon mehrmals gesagt: jawohl, Sir! Ich glaube, diese Frage schon in verschiedener Form beantwortet zu haben.«
»Aber Sie *wissen* nicht, daß er eine Praline gegessen hatte?«
»Nur aus seinen eigenen Worten.«
»Also *wissen* Sie nicht aus *eigener* Erkenntnis, daß er eine gegessen hatte?«
»Nein, Sir.«
»Während Sie jedoch aus *eigener* Erkenntnis wissen, daß er *nicht* an Vergiftung durch Zyankali gestorben ist?«
»Seine Symptome glichen in keiner Weise denen, die ich als Wirkung dieses Giftes hätte erwarten müssen. Nein, Sir.«
»Ich werde mit Ihnen nun noch ein Stück weitergehen, Doktor«, sagte Mason. »Sie erklärten, daß der Mann Ihnen seine Vergiftungssymptome beschrieben habe?«
»Jawohl, Sir.«
»Und daß er, als Sie ihn ungefähr um drei Uhr nachmittags verließen, tot war?«
»Ja.«
»Wenn das nun der Fall ist«, betonte Mason, *»woher hat er denn die Mahlzeit von Eiern mit Speck bekommen, die Dr. Hoxie in seinem Magen fand und die nach seiner Schätzung kurz vor dem Tode in den Körper gelangt sein muß?«*
»Sie wollen meine Meinung wissen?« fragte Dr. Renault.
»Ich habe eine Frage gestellt.«
»Meiner Ansicht nach hat seine Frau, als ich sie mit ihm allein ließ, es irgendwie fertiggebracht, ihn zum Einnehmen einer Mahlzeit zu bewegen, und diese Mahlzeit hat seinen Tod verursacht.«
»In welcher Weise?«
»Das weiß ich nicht. Ich weiß aber, daß ich ihm solche Speisen nicht erlaubt hätte. Der Mann war in einer Verfassung, in der er wohl Flüssigkeiten, aber keine festen Speisen, und schon gar nicht schwere, zu sich nehmen durfte. Ich hatte ihm sogar intravenös, also durch Einspritzen, ein Stimulans gegeben.«

»Wie konnte ein infolge von Schock und Erschöpfung im Sterben liegender Mann sich im Bett aufrichten und Eier mit Speck verzehren?«
»Das ist mir vollkommen unverständlich.«
»Würden Sie sagen, daß der Patient in seinem Zustand gar nicht fähig war, Eier und Speck zu verzehren?«
Dr. Renault erwiderte: »Es besteht kein Zweifel, daß der Körper, der seziert wurde, der des Mannes gewesen ist, den ich behandelt habe. Ich persönlich kann mir durchaus nicht vorstellen, daß er eine derartige Mahlzeit zu essen vermochte. Unzweifelhaft hat ihn jemand dazu bewogen, denn die Speisen wurden ja in seinem Magen festgestellt. Also muß er sie gegessen haben. Ich hätte das aber für schlechthin unmöglich gehalten.«
»Na gut, also wollen wir nun ein paar Punkte ganz deutlich herausheben«, sagte Mason. »Sie wissen, in Ihrer Eigenschaft als Arzt, daß der Mann nicht an Zyankalivergiftung gestorben ist?«
»Nach meinem bestimmten Gefühl nicht.«
»Sie wissen nicht aus eigener Kenntnis, daß er überhaupt Pralinen gegessen hat?«
»Nein, aus eigener Kenntnis nicht.«
»Ebensowenig wissen Sie aus eigener Kenntnis, daß er überhaupt Gift in den Körper aufgenommen hat?«
»Hm, ich . . . nun, das kann ich natürlich nicht beschwören. Ich war ja nicht dabei.«
»Nach allem, was Sie, Doktor, aus eigener Kenntnis wissen, kann also Edward Davenport unter einer typischen Lebensmittelvergiftung gelitten haben. Er selbst mag sie auf Gift zurückgeführt haben, das ihm angeblich seine Frau eingegeben hat, und kann sich darin entschieden geirrt haben.«
»Soweit ich aus eigener Erkenntnis sagen kann, jawohl.«
»Es kommt doch häufig vor, nicht wahr, Doktor, daß ein Mensch, der unter einer Nahrungsmittelvergiftung leidet, leicht glaubt, es habe jemand absichtlich die Speise vergiftet, anstatt einfach anzunehmen, daß sie verdorben sein konnte?«
»Das könnte man wohl sagen.«
»Ist Ihnen so ein Fall in Ihrer Praxis schon vorgekommen?«
»Ich – ja, ich glaube, ja.«

»Und Sie wissen, daß Edward Davenport nicht durch Zyankali gestorben ist?«
»Davon bin ich überzeugt.«
»Das wäre alles«, schloß Mason sein Kreuzverhör.
»Halt, noch einen Augenblick!« sagte Vandling, als Dr. Renault den Zeugenstand verlassen wollte. »Ich möchte Sie noch etwas fragen, Doktor. Ich habe mit Ihnen ja schon früher gesprochen, nicht wahr?«
»Jawohl, Sir.«
»Und Sie haben mir zu keiner Zeit gesagt, daß Mr. Davenports Tod *nicht* durch Zyankali verursacht wurde?«
»Danach hatten Sie mich nicht ausdrücklich gefragt«, erwiderte Dr. Renault. »Hierzu möchte ich noch bemerken, daß nach meinem Empfinden seine Frau ihm Gift eingegeben hatte, daß dieses Gift tödlich gewesen ist und nach meiner Meinung der Mann sehr wohl an den Nachwirkungen des Giftes gestorben sein kann, oder ihm kurz vor seinem Tode eine zweite Dosis eingegeben wurde. Ich gebrauchte das Wort Gift und sprach nicht von Zyankali, denn danach hatten Sie mich nicht gefragt. Ich erklärte Ihnen speziell, nach meiner Ansicht könne der Mann schon allein daran gestorben sein, daß er sich rein physisch nicht von der Schockwirkung des Giftes zu erholen vermochte, das durch ein Stück Konfekt etwa um sieben Uhr in der Frühe in seinen Körper gelangt war.«
»Ja, so haben Sie es wohl ausgedrückt«, gab Vandling zu, »aber Sie haben mir nicht speziell erklärt, daß er nicht durch *Zyankali* gestorben sein kann.«
»Die Frage wurde mir nicht gestellt. Ich sehe keinen Grund, mich mit einem andern Arzt in Konflikt zu bringen, sofern ich nicht unter Bedingungen gefragt werde, die mich zu entsprechender Auskunft zwingen. Mr. Mason hatte mir eine spezifische Frage gestellt, auf die ich die zutreffende Antwort gab. Ich war entschlossen, diese Antwort zu geben, falls entsprechende Fragen gestellt wurden und ich die Antworten nicht vermeiden konnte. Ich bin bei dem Mann gewesen, als er aus dem Leben schied. Sein Tod könnte verursacht worden sein durch ein auf das Herz wirkendes Gift oder auch infolge Schocks durch ein vorher eingenommenes Gift, jedoch waren die Symptome, mit

denen ich gerechnet hätte, wäre ihm Zyankali eingegeben worden, *nicht* zu beobachten, jedenfalls nicht zu diesem Zeitpunkt.«

»Sie *wissen*, wieviel Zyankali bei der Obduktion im Magen des Toten gefunden wurde?«

»Jawohl.«

»Und diese Menge reichte aus, um den Tod zu verursachen?«

»Ganz entschieden.«

»So daß – halt, nein«, sagte Vandling. »Wenn der Mann nicht an etwas anderem gestorben wäre, so hätte er an Zyankalivergiftung sterben können. Ich will sagen: daß er genug Zyankali im Körper hatte, *um* daran zu sterben, selbst wenn Sie der Meinung sind, daß er nicht unbedingt durch Zyankalivergiftung starb?«

»Ich erhebe Einspruch gegen diese Frage«, meldete sich Mason, »weil sie strittig ist und nicht in ein ordnungsmäßiges Kreuzverhör paßt, zumal sie keine klare Auslegung zuläßt. Es steht hier nicht zur Debatte, an was der Mann gestorben sein würde, wenn er nicht an etwas anderem gestorben wäre. Die Frage ist nur, *was* seinen Tod verursacht hat.«

»Ich glaube«, sagte Richter Siler, »ich werde bei dieser Begründung dem Einspruch stattgeben.«

Vandling entgegnete: »Euer Ehren, wir finden uns in einer höchst sonderbaren Situation. Dr. Hoxie ist ein sehr befähigter Arzt und Toxikologe. Er hat ausgesagt, daß er im Magen des Toten eine zu tödlicher Wirkung ausreichende Menge Gift entdeckte und hat dieses Gift ausdrücklich als Zyankali, also ein sehr schnell tödlich wirkendes Gift, bezeichnet. Jetzt tritt Dr. Renault mit der Behauptung auf, daß der Mann *nicht* an Zyankalivergiftung gestorben ist. Allerdings ist das nur seine persönliche Ansicht.«

»Er ist Arzt und hat in dieser Eigenschaft seine Meinung zum Ausdruck gebracht«, stellte Richter Siler fest.

»Und zwar als Zeuge des Anklägers«, ergänzte Mason.

»Euer Ehren«, sagte Vandling, »ich glaube, unter diesen Umständen bin ich als Anklagevertreter berechtigt, um die Fortsetzung dieser Verhandlung zu ersuchen.

Ich will hier klarlegen, daß, wenn das Verfahren jetzt eingestellt würde, dadurch eine neue Anklageerhebung in dieser

Sache nicht ausgeschlossen wird. Ich könnte die Anklage jetzt sofort fallenlassen und die Frau unter der gleichen Beschuldigung schon morgen wieder verhaften lassen.«

»Und weshalb tun Sie das nicht?« fragte Mason.

»Ich will die Ermittlungen erst noch etwas weiterführen. Ich darf feststellen, Euer Ehren, daß ich in gewissem Sinne dazu verpflichtet bin, weil Dr. Renault mein Zeuge ist. Hätte ich einfach Dr. Hoxie in den Zeugenstand gerufen, hätte ihn die durch die Obduktion erkannte Todesursache bestätigen lassen, das Vorhandensein von Gift in der Praline und die Fingerabdrücke der Angeklagten auf dieser nachgewiesen, insbesondere nachdem sie behauptet hat, die Schachtel zu keiner Zeit aufgemacht zu haben – so hätte ich damit einen *prima facie*-Fall stipuliert.«

»Wünschen Sie die Angeklagte auf Grund der *jetzigen* Beweislage ins Verhör zu nehmen?« fragte der Richter.

»Ich weiß nicht recht, Euer Ehren«, erwiderte Vandling. »Die Lage ist ziemlich kompliziert. Das Protokoll besagt jetzt, daß Dr. Renault als mein Zeuge aufgetreten ist und nun mit Entschiedenheit behauptet, seiner Meinung nach sei der Mann nicht an Zyankalivergiftung gestorben.«

»Und«, machte Mason aufmerksam, »der für den Ankläger zeugende Arzt hat kein Anzeichen von Schokoladekonfekt im Magen des Verstorbenen finden können!«

»Ich möchte Dr. Renault als Zeugen zurückziehen und Dr. Hoxie nochmals um Auskunft auf eine Frage ersuchen.«

»Erhebt jemand Einspruch?« fragte Richter Siler.

Mason lächelte. »Kein Einspruch, Euer Ehren.«

»Treten Sie bitte ab, Dr. Renault. – Dr. Hoxie, würden Sie bitte nach vorn kommen?« sagte der Staatsanwalt. »Vereidigt sind Sie bereits. Ich hätte nur noch eine Frage an Sie.«

»Sie haben Dr. Renaults Aussagen gehört?« fragte Vandling.

»Das habe ich!« erwiderte Dr. Hoxie grimmig.

»Hegen Sie irgendeinen Zweifel über die Todesursache im vorliegenden Fall?«

»Nicht den leisesten. Der Mann, den ich seziert habe, ist an Vergiftung durch Zyankali gestorben.«

»Das heißt: es fand sich in seinem Magen ein für tödliche Wirkung ausreichendes Quantum Zyankali?«

»Jawohl, Sir.«
»Und jetzt habe ich Ihnen doch noch eine Frage vorzulegen. Sie ist weit hergeholt und mag ziemlich grauenhaft klingen: wäre es möglich, daß jemand den Magen einer Leiche auspumpt?«
»Aber sicher.«
»Gut. Wäre es auch möglich, in den Magen der Leiche etwas hineinzupumpen?«
Dr. Hoxie zögerte mit der Antwort. »Fragen Sie mich jetzt«, sagte er schließlich, »ob ich glaube, daß es in *diesem* Fall hätte getan werden können?«
»Ich habe das nur als Möglichkeit im allgemeinen wissen wollen.«
»Allgemein gesehen halte ich das für möglich. Ich will jedoch hier festhalten, daß nach meiner Ansicht Edward Davenport an den Wirkungen von Zyankali gestorben ist. Nicht nur war das Gift in seinem Körper vorhanden, sondern auch die Symptome waren da: Anzeichen von Schaum am Mund, der charakteristische Geruch und die allgemeinen Symptome. Nach meiner Ansicht starb der Mann fast unmittelbar nachdem eine sehr große Menge Zyankali in seinen Körper gelangt war. Er hatte etwa eine Stunde vor seinem Tode Alkohol getrunken. Ferner hat er ungefähr eine Stunde vor seinem Ende Speck und Eier gegessen.«
Vandling wandte sich an den Richter: »Euer Ehren, ich versuche, den Tatsachen in dieser Affäre auf den Grund zu gehen und die Lösung einer anscheinend widerspruchsvollen Situation zu finden.«
»Für mich existiert hier kein Widerspruch«, sagte Dr. Hoxie. »Nach meiner Überzeugung starb der Mann durch Zyankali. Er war in der entsprechenden Verfassung. Das Gift war vorhanden. Er hätte nach Einnahme der Menge Gift, die sich in seinem Magen befand, einfach nicht weiterleben können. Sämtliche Symptome einer Zyankalivergiftung haben sich gezeigt. Sie allein war nach meiner Meinung die Todesursache, einerlei, welche gegenteiligen Behauptungen jemand anders aufstellen mag.«
Vandling sagte zu Mason: »Hätten Sie noch Fragen im Kreuzverhör?«

»Sind Sie der Ansicht, Dr. Hoxie, daß das Gift durch eine Praline in den Körper gelangt ist?« fragte Mason.
»Nein.«
»Sie würden also sagen, daß das nicht zutrifft?«
»Ich würde sagen, daß nach meinem Dafürhalten das Gift nicht in Schokolade eingenommen wurde. Ich glaube, daß der Tod sehr rasch eintrat, und fand von Schokolade keine Spuren, obwohl ich den Magen gerade danach sehr sorgfältig untersucht habe.«
»In welcher Weise ist nach Ihrer Ansicht das Gift eingenommen worden?«
»In Speisen vermutlich nicht. Es könnte in Whisky eingegeben worden sein. Im Magen befand sich Whisky und im Blut Alkohol. Ich habe noch eine andere Theorie – eine Möglichkeit, über die ich jedoch hier nicht aussagen möchte.«
Mason fragte nach kurzem Überlegen: »Ist das die Annahme, es könnte dem Mann eine genügende Dosis als – Medizin eingegeben worden sein?«
»Ja.«
»Dann wäre das alles, Doktor«, sagte Mason lächelnd.
»Eine Rückfrage noch, Doktor«, sagte Vandling triumphierend. »Es ist also Ihrer Ansicht nach möglich, daß die *Angeklagte* dem Edward Davenport dieses Gift unter der Vortäuschung, es sei Medizin, eingegeben hat?«
»Nein.«
»Nein? Ich meine, Sie hätten soeben gesagt, daß es als Medizin eingegeben worden sein könnte?«
»Das sagte ich. Aber nicht durch Mrs. Davenport, denn sie ist in der fraglichen Zeitspanne nicht in dem Raum gewesen. Meine Meinung ist, daß Edward Davenport nach der Einführung des Giftes kaum noch zwei Minuten gelebt hat.«
»Noch weitere Fragen im Kreuzverhör?« wandte sich der Staatsanwalt an Mason.
»Nicht die kleinste«, erwiderte Mason. »Sie machen Ihre Sache prächtig. Fahren Sie nur fort. Es ist *Ihr* Omelett, versuchen Sie, wieder Eier daraus zu machen.«
»Ich möchte Fortsetzung der Verhandlung beantragen, Euer Ehren«, sagte Vandling. »Jetzt sind wir schon über die Mittagszeit

hinaus. Gewöhnlich vertagt sich das Gericht bis zwei Uhr. Ich möchte aber den Gerichtshof um Vertagung bis vier Uhr nachmittags bitten.«

»Hat die Verteidigung dagegen etwas einzuwenden?« fragte Richter Siler.

»Nach Lage der Dinge kaum«, antwortete Mason. »Wir würden sogar die Wiederaufnahme bis morgen früh zehn Uhr anstehen lassen, falls die Anklage das wünscht.«

»Mir wäre das durchaus recht«, gestand Vandling, »vorausgesetzt, es wird protokolliert, daß ... Nein, mir wäre es lieber, wenn dieser Antrag von der Verteidigung ausginge.«

»Dann stelle ich diesen Antrag«, erklärte Mason prompt.

»Gut denn«, bestimmte der Richter, »auf Antrag des Verteidigers wird die Verhandlung bis morgen vormittag zehn Uhr vertagt. Die Angeklagte verbleibt in Haft. Die Verhandlung ist geschlossen.«

Vandling blickte zu Mason hinüber. »Na, man hat mich zwar gewarnt, bei Ihnen immer mit dem Unerwarteten zu rechnen, aber dies ist doch das Tollste, was mir in meiner Laufbahn vorgekommen ist!«

Mason lächelte. »Was gedenken Sie nun zu tun?«

»Ich bin mir im Zweifel«, erwiderte Vandling. »Ich kann wohl die Anklage erheben, würde es jedoch in Hinblick auf das Zeugnis von Dr. Renault verdammt schwer haben, die Geschworenen zum Schuldspruch zu bringen.«

»Jetzt sprechen Sie wenigstens unverblümt«, anerkannte Mason.

»Bei Ihnen ist es ja zwecklos, etwas zu tarnen«, grinste Vandling. »Sie wissen so gut wie ich, was passieren würde, wenn das Verfahren in dieser Form vor den Geschworenen abrollte.«

»Werden Sie die Anklage fallenlassen?«

»Das glaube ich nicht. Ich bin mit geschlossenen Augen in diese Sache hineingetapst. Wahrscheinlich kann ich aber den Fall doch vors Schwurgericht bringen, ohne Dr. Renault als Zeugen zu zitieren, indem ich Sie zwinge, ihn als Ihren Zeugen vorzuladen.«

»Und was dann?«

»Dann würde ich«, erklärte Vandling mit gedämpfter Stimme, »seine Zuständigkeit als Arzt angreifen. Ich glaube, der Mann genießt hier in ärztlichen Kreisen keinen sehr guten Ruf. Er hat ein unstetes Leben geführt. In Crampton hat er erst drei Jahre eine Praxis. Soviel ich hörte, ist er früher mal in eine Rauschgiftsache verwickelt gewesen. Deshalb hat es auch Dr. Hoxie so empört, seine Feststellungen durch einen Mann in Zweifel gezogen zu sehen, der in Fachkreisen geringes Ansehen genießt.«

»Er schien mir aber in seinen Aussagen positiv genug«, gab Mason zu bedenken.

»Ja, das läßt sich nicht bestreiten.«

»Und außerdem bleibt Ihnen noch«, fuhr Mason fort, »das schöne Schauspiel der aus dem Fenster kletternden Leiche.«

Vandling zog die Brauen zusammen. »Ein sonderbarer Fall. Es hätte jemand den Leichnam aus dem Fenster schubsen und dann die Rolle des Toten spielen können. Ich habe Fortsetzung des Verfahrens beantragt, weil mir ein Plan vorschwebt. Sie wären gewiß überrascht, wenn Sie wüßten, an was ich gerade denke.«

»Was Sie *denken*, weiß ich vielleicht nicht«, gab Mason zurück, »aber ich wette fünf Dollar, daß ich weiß, was Sie *vorhaben*.«

»So?«

»Sie wollen Ihren Kollegen im Bezirk Los Angeles anrufen, ihm erklären, daß Sie hier mit gewissen juristischen Finessen festsitzen, und ob er es unter diesen Verhältnissen nicht besser fände, vor dem Schwurgericht in Los Angeles Klage gegen Myrna Davenport zu erheben wegen Ermordung der Hortense Paxton. Also die dortige Anklage zuerst durchzuführen.«

Vandling warf lachend den Kopf zurück. »Man hat mich wirklich nicht ohne Grund vor Ihnen gewarnt! Wenn Sie mich jetzt bitte entschuldigen wollen – ich möchte telefonieren.«

Als Vandling den Saal verließ, wandte Mason sich an den Polizeibeamten: »Ich möchte mit meiner Klientin sprechen, ehe Sie sie wieder in die Zelle bringen.«

Er hakte Mrs. Davenport unter, ging mit ihr in eine stille Ecke des Gerichtsraumes und fragte sie: »Hatten Sie mir nicht gesagt, Sie hätten die Schachtel Pralinen zu keiner Zeit geöffnet?«

»Mr. Mason, ich sage Ihnen die Wahrheit! Ich habe die Schachtel nicht geöffnet.«

»Ihre Fingerabdrücke befinden sich auf den Pralinen«, erinnerte Mason.

»Dann stimmt da etwas nicht, denn das können nicht meine sein. Man muß sie gefälscht haben.«
Mason sagte: »Das Problem gefälschter Fingerabdrücke taucht von Zeit zu Zeit in den Gerichtssälen auf, aber meines Wissens ist nie ein Fall aktenkundig geworden, in dem die Fingerabdrücke eines Angeklagten mit Erfolg gefälscht wurden. Nicht jedenfalls, wenn sich die Abdrücke noch am Gegenstand befanden. Anders kann es liegen, wenn sie abgenommen wurden. Aber diese haften ja noch am Objekt.«
Myrna Davenport senkte den Blick. »Nun, es sind trotzdem nicht meine«, sagte sie leise. »Können sie gar nicht sein.«
»Weil Sie die Schachtel nicht aufgemacht haben?«
»Weil ich die Schachtel nicht aufgemacht habe, ja.«
Jetzt kam Sara Ansel eilig zu ihnen getrippelt. »Mr. Mason«, sagte sie, »kann ich Sie mal sprechen?«
Mason nickte.
Sie schob sich durch die Schwingtür und betrat den eingegitterten, den Gerichtsvertretern vorbehaltenen Raum.
»Mr. Mason«, begann sie, »ich weiß absolut sicher, daß Myrna nichts von alledem getan hat, was hier behauptet wurde. Sie hat Ed Davenport nicht Speck und Eier zu essen gegeben! Solange wir dort waren, hat er keinen Bissen zu sich genommen. Er war ja fast dauernd bewußtlos und konnte kaum sprechen, und sie hat die Kabine, nachdem Dr. Renault fortgegangen war, überhaupt nicht betreten. Sie –«
Myrna, die Sara Ansel kalt gemustert hatte, fuhr sie an: »Geh weg!«
»Aber Myrna, liebes Kind, ich will dir doch nur *helfen*!« sagte Sara Ansel.
»Du hast alles getan, was möglich war, mich zu hintergehen!« sagte Myrna.
»Bist du dir auch klar über das, was du da sagst?«
»Selbstverständlich.«
»Das kannst du nicht sein!« erwiderte Sara Ansel. »Du bist mit den Nerven fertig und erregt. Hör zu, Myrna, ich weiß doch, wie deine Fingerabdrücke an die Pralinen gekommen sind. Du hast Ed eine volle Schachtel gegeben, gewiß. Hast sie in seinen Koffer getan. Aber es war ja noch eine angebrochene Schachtel

im Wohnzimmer. Wir hatten doch beide welche gegessen. Im Wohnzimmer lagen sogar zwei ungefähr halbleere Schachteln, und du hast diese Reste zusammengetan. Also waren deine Fingerabdrücke an einigen Pralinen, die du angefaßt hattest. Ed muß sowohl die von dir zusammengepackte Schachtel wie auch die, die du in seinen Koffer legtest, mitgenommen haben! Und während er in Paradise war, muß er die Pralinen aus der frischen Schachtel aufgegessen haben, so daß im Koffer noch die andere, die von dir aus den zwei alten zusammengepackte, zurückblieb.

Ich bin überzeugt, daß es gerade die ist, die sich jetzt in Händen der Polizei befindet.«

Ohne ein Wort für Sara Ansel wandte Myrna sich an den Beamten: »Würden Sie mich bitte wieder ins Gefängnis bringen? Ich bin müde.«

Der Beamte ging mit ihr hinaus. Sara Ansel wandte sich zornig an Mason. »Haben Sie *da* noch Töne? Ich versuche ihr beizustehen, und kriege sozusagen Ohrfeigen dafür!«

»Nun«, bemerkte Mason, »Sie müssen wohl zugeben, daß Sie alles getan haben, was in Ihrer Macht lag, um den Behörden in Los Angeles die Anklage gegen sie zu ermöglichen!«

»Ach, das war, als ich ganz durchgedreht war und – sie tut mir so leid! Ich bedaure ja so schrecklich, was ich getan habe, Mr. Mason, aber ich werde doch dieser scheinheiligen, dummen Leisetreterin nicht jetzt auch noch die andere Backe hinhalten! Hätte sie mich nicht gehabt, dann wäre sie von ihrem Mann noch um den letzten Cent gebracht worden. Das weiß ich so genau wie alles übrige. Ich kenne die Männer, habe genug mit ihnen zu tun gehabt!«

»Werden Sie nicht sowieso noch eine Weile hierbleiben?« unterbrach Mason ihren Redefluß.

»Sicher. Sie haben ja gehört, was der Richter sagte. Daß ich hierbleiben muß.«

»Vielleicht möchte ich später noch mal mit Ihnen sprechen«, sagte Mason.

»Sie können mich im Hotel Fresno erreichen.«

»Danke, vielleicht komme ich hin. Kann sein, daß ich noch ein paar Fragen für Sie habe. Über die Pralinen.«

12

Perry Mason, Paul Drake und Della Street waren in Masons Appartement im Hotel California versammelt.
»Na, endlich sind wir im Begriff, die Situation zu klären.«
»Klären!« rief Paul Drake. »Alles ist so verworren, daß ich überhaupt nicht schlau daraus werde, und andere Leute gewiß auch nicht.«
»Wieso denn, Paul?« staunte Mason. »Wie die Dinge jetzt liegen, kommt doch nur *eine* Person in Frage, die Edward Davenport ermordet haben könnte.«
»Du meinst Myrna?« fragte Drake.
Mason lächelte. »Wie hätte die das wohl anstellen sollen?«
»Ganz leicht«, meinte Drake. »Sie konnte, als sie nach Crampton kam, ihm eine Dosis Zyankali verpassen und dann Dr. Renault anrufen, es liege eine ernste Erkrankung vor.«
»Und wie hätte sie dann die Leiche weggebracht?«
»Indem sie sie durch einen männlichen Komplizen aus dem Fenster schieben ließ, ihn veranlaßte, den rotgemusterten Schlafanzug anzuziehen und hinauszuspringen, sobald er sicher war, daß ein Fremder zusah – ein Zeuge, der weit genug entfernt war, um nur seine Figur, nicht aber sein Gesicht, zu erkennen.«
»Sehr interessant«, sagte Mason, »wie aber hätte sie wissen sollen, daß ihr Mann ausgerechnet bei der Ankunft in Crampton krank werden würde?«
»Wann er krank werden würde, war ihr egal, sie handelte, weil die Gelegenheit günstig war«, vertrat Drake seine Theorie. »Eben weil sie ihn schon krank vorfand, verpaßte sie ihm das Gift. Ihr wäre es einerlei gewesen, ob er in Crampton oder Fresno, in Bakersfield, Paradise oder Timbuktu krank wurde.«
»Prächtig«, kommentierte Mason, »nur vergißt du dabei das Grab. Wie konnte Mrs. Davenport wissen, daß draußen, fünf Kilometer vor der Stadt, ein Grab wartete?«
»Weil sie es selbst geschaufelt hatte!«
»Wann denn?«
»Wahrscheinlich ist sie schon in der Woche vorher mal hingefahren, um es zu graben, oder hat es durch ihren männlichen Komplizen machen lassen.«

»Dann müßte sie ja gewußt haben, daß Ed genau beim Eintreffen in Crampton krank werden würde«, entgegnete Mason.
Drake kratzte sich am Kopf. »Verfluchte Kiste.«
»Wer hat ihn also umgebracht?« fragte Della Street.
»Jemand, der gewußt hat, daß er bei der Ankunft in Crampton krank werden würde«, antwortete Mason.
»Aber wer könnte das denn gewesen sein?«
»Eine Idee habe ich schon«, wich Mason aus, »doch da muß erst noch einiges überprüft werden. Soweit ich bisher beurteilen kann, war nur ein einziger Mensch in der Lage, zu wissen, was passieren würde.«
»Wer?« fragte Della weiter.
»Augenblicklich will ich noch nicht vorgreifen«, erwiderte er. »Wir werden uns erst noch um weitere Indizien bemühen, indes unser Freund Talbert Vandling sich mit seinem Kollegen, dem District Attorney von Los Angeles, herumstreitet.«
»Streitet?« fragte Drake.
»Klar«, sagte Mason. »Glaub nur ja nicht, daß der Staatsanwalt in Los Angeles scharf darauf ist, jetzt den Fall zu übernehmen.«
»Warum nicht?«
»Weil Fresno den Anfang schon gemacht hat. Hier hat man versucht, Myrna Davenport zu überführen, und ist plötzlich zurückgezuckt, als sich zeigte, daß alle Tatsachen verzerrt sind. Bei der augenblicklichen Sachlage kann das Gericht in Los Angeles nur mit den Tatsachen aufwarten, daß Hortense Paxton an Gift gestorben ist, daß Myrna Davenport durch ihren Tod zu materiellen Vorteilen kam, daß sie gewisse Gifte im Haus gehabt hat und diese versteckte, als sie erfuhr, daß die Leiche der Paxton exhumiert wurde.«
»Das sind aber doch starke Anklagepunkte«, meinte Drake.
»Ja, aber für ein Urteil nicht durchschlagend genug«, erwiderte Mason. »Noch eine oder zwei Tatsachen mehr, dann würde es zur Verurteilung reichen. Wenn aber andrerseits zugunsten der Angeklagten noch ein oder zwei Punkte vorgebracht werden könnten, käme bei den Geschworenen bestenfalls ein Unentschieden, also kein Schuldspruch, heraus.«
»Welche Tatsachen könntest du denn zugunsten deiner Klientin vorbringen?«

Mason grinste breit. »Die Vergiftung Ed Davenports.«
»Was soll das heißen?«
»Daß die Person, die Ed vergiftete, wahrscheinlich auch Hortense Paxton mit Gift umgebracht hat.«
»*Das* könntest du vorbringen?« staunte Drake ungläubig.
»Unter anderen Verhältnissen würde das der Staatsanwalt so oder so versuchen. Wäre er der Meinung, Myrna Davenport als schuldig ins Licht rücken zu können, so würde er zuerst auf den bewährten Kniff mit dem Hinweis auf die Ähnlichkeit beider Verbrechen und so weiter zurückgreifen. Wie aber jetzt die Dinge liegen, würde ich als Verteidiger das Recht beanspruchen, die Tatsachen in derselben Weise vorzubringen. Zumindest könnte der Verteidiger es versuchen, und wenn dann der Ankläger das hartnäckig verhindern will, würden die Geschworenen durchweg so mißtrauisch werden, daß sie kein Schuldig aussprächen.«
»Deinen Ausführungen kann ich also entnehmen«, sagte Drake, »daß der Staatsanwalt in Los Angeles zu Mr. Vandling sagen wird ›Du hast dir die Suppe eingebrockt, also löffle sie auch aus‹?«
Mason nickte.
»Was wird Vandling dann unternehmen?« fragte Drake.
»Wird versuchen, noch mehr Indizien aufzutreiben. Mißlingt ihm das, so wird er die Anklage zurückziehen müssen.«
»Wieso?«
»Paß mal gut auf, Paul«, sagte Mason. »Also: Myrna Davenport hat ihrem Mann Pralinen in den Koffer gepackt. Diese Dinger waren vergiftet, und zwar mit Arsenik und Zyankali. Dr. Renault kann beeiden, daß Davenport ihm erzählt hat, er habe Symptome von Arsenikvergiftung bemerkt, und daß Davenport nicht an Zyankalivergiftung gestorben sei. Nicht beschwören aus eigener Kenntnis kann er, daß er bei Davenport Symptome von Arsenikvergiftung festgestellt hat. Er weiß nur, was Davenport ihm darüber erzählt hat, also vom Hörensagen, und das wird ja zur Beweisführung nicht zugelassen.
Dr. Hoxie wird beeiden können, daß der Mann an Zyankalivergiftung gestorben ist, hat jedoch keine Spur von Pralinen im Magen gefunden. Infolgedessen kann Davenport nicht an ver-

gifteter Schokolade gestorben sein. Das einzige, womit sie Myrna Davenport tatsächlich in Verbindung bringen können, sind die vergifteten Pralinen.«
»Was gibt's da nun für uns zu tun?« fragte Drake.
»Wir werden ins Gelände bei Crampton fahren, wo das Grab liegt, und dort nach etwas forschen.«
»Nach was?«
»Wo ein sechsrädriges Fahrzeug geparkt hat.«
»Ein sechsrädriges Fahrzeug?« fragte Drake verwundert.
»Ganz recht.«
»Und das bedeutet?«
»Ein vierrädriges Auto mit zweirädrigem Wohnwagenanhänger.«
»Ich kapiere das nicht«, sagte Drake.
»Und dann«, fuhr Mason fort, »werden wir versuchen, Mabel Norge zu finden.«
»Wozu?«
»Weil wir sie ins Verhör nehmen wollen.«
»Und wie finden wir die am besten?«
»Du hast ja ihre Beschreibung«, erwiderte Mason. »Groß, brünett, sieben- bis achtundzwanzig, vollschlank, gute Figur, Augen schiefergrau mit dünnen, schwarz nachgezogenen Brauen. Um sie zu finden, begib dich nach San Bernardino und forsche in allen Hotels und Motels. Außerdem mußt du jemand ansetzen, der mit dem Staatsanwalt für den Bezirk Butte Verbindung hält oder mit seinem Amt herstellt.«
»Wozu denn das?«
»Weil ich glaube, daß sie sich an den wenden wird.«
»Wie kommst du auf diese Idee?«
»Weil sie nicht in Fluchtverdacht kommen will und durch ihre Abwesenheit nicht unangenehm auffallen möchte. Wahrscheinlich meldet sie sich telefonisch beim District Attorney und sagt ihm ›Sie können mich da und da erreichen, aber halten Sie bitte meine Adresse geheim‹.«
»Du meinst, der Staatsanwalt von Butte wird sie schützen?« fragte Drake.
»Ich glaube, daß er das versuchen wird.«
»Warum?«
»Weil er sie entweder für Ablenkungsmanöver oder als ver-

deckte Trumpfkarte benützen will. Das hängt davon ab, was seiner Absicht dient, und wenn nur er allein weiß, wo sie sich befindet, ist sein Trumpf noch stärker.«

»Okay, Perry«, seufzte Drake. »Was soll ich also zunächst für dich tun?«

»Fürs erste laß deine Leute in San Bernardino die Augen scharf aufmachen«, befahl Mason. »Ich will Mabel Norge finden, bin aber sehr darauf bedacht, sie in ihrer Selbstsicherheit nicht zu erschüttern. Bisher fällt mir nichts Besseres ein, als daß sie den District Attorney von Butte angerufen hat oder das noch tun wird. Der wird ihr raten, zu bleiben, wo sie ist. Und mir liegt daran, daß niemand erfährt, daß wir nach ihr suchen. Allzu schwierig dürfte deine Aufgabe nicht sein. Leute, die in Motels logieren, halten sich meistens nur eine Nacht dort auf. Eine junge hübsche Frau, die länger bleibt, müßte Aufmerksamkeit erregen.

Della und ich fahren in die Gegend, wo das Grab liegt, und werden da Ausschau halten. Ich denke, bis du die Ermittlungen in San Bernardino durchgeführt hast, werden wir wieder zurück sein.«

Mason und Della Street verließen das Hotel, fuhren nach Crampton und bogen dort von der Straße ab, wo es, wie Vandling an Hand einer Landkarte erklärt hatte, nach der Grabstelle ging.

Eine ganze Menge neugieriger Leute hatte sich dort schon hin und her bewegt, und Wagen hatten geparkt. Viele Füße hatten den Erdboden rund um die flache Grube zertrampelt.

Mason sagte: »Della, wenn meine Theorie zutrifft, ist hier ganz in der Nähe ein Auto mit Wohnanhänger geparkt worden, der wahrscheinlich für zwei bis drei Tage gestanden hat. Ich möchte gern rauskriegen, wo.«

Della Street hatte die Augenbrauen hochgezogen. »Wenn Ihre Theorie zutrifft?«

»Betrachten Sie es einmal folgendermaßen, Della. Die ganze Mordplanung hing an dem einen Faktum, daß jemand gewußt haben muß, daß Ed Davenport, sogleich nachdem er Fresno verließ, ernstlich erkranken, aber erst, wenn er bis Crampton gekommen war, sein Zustand sich so verschlimmern würde, daß

ihm die Fortsetzung der Fahrt unmöglich wurde. Daß er also in ein Hotel oder Motel gehen und einen Arzt zu Rate ziehen mußte. Sonst hätte dieser Mord nicht stattfinden können, zumindest nicht so, daß man sogar das Grab schon bereithielt.«
»Das ist richtig, Chef, aber das hatten Sie mir schon früher erklärt.«
»Nun, und wer war dieser Jemand?« fragte Mason. »*Wer* war der einzige Mensch, der gewußt haben kann, daß Davenport zu bestimmter Zeit an dem bestimmten Ort krank werden würde?«
»Die Norge, seine Sekretärin?« versuchte es Della Street.
Mason lachte. »Mehr Fingerzeige kann ich Ihnen jetzt wirklich nicht geben, Della. Gehen Sie nun und suchen Sie brav, wo an der Ostseite des Hügels ein Wohnanhänger geparkt haben kann, während ich dasselbe an der Westseite tue. Aber gehen Sie nicht weiter, als Sie meine Stimme hören können.«
Sie drehte sich um, ging den Hang hinab und verschwand in einem Gestrüpp.
Mason wartete ein paar Sekunden, ehe er nach der anderen Seite ging und langsam, in langen Zickzacklinien, das Gelände durchstreifte, um Reifenspuren zu untersuchen.
Eine Viertelstunde später war er wieder auf der Hügelkuppe und pfiff nach Della.
Nachdem er ein Weilchen besorgt gewartet hatte und gerade Della suchen gehen wollte, hörte er sie in einiger Entfernung rufen.
Er pfiff noch einmal, dann eilte er durch das Gestrüpp. Endlich entdeckte er ihre Schuhspuren, pfiff zum drittenmal und hörte sie wieder antworten. Als er noch fünfzig Meter gegangen war, wiederholte sich dasselbe, aber jetzt war er dicht bei ihr.
»Himmel, Della, ich wollte doch nicht, daß Sie so weit fortgehen. Wer weiß, was Ihnen passiert wäre, wenn Sie einem –«
»Ich bin auf einer heißen Spur«, unterbrach sie ihn.
Mit ein paar schnellen Schritten war er bei ihr. Sie zeigte ihm Autoreifenabdrücke in dem weichen Boden.
»Oh, oh«, sagte er.
»Es sind aber schmale von einem Jeep«, sagte sie. »Können die was bedeuten?«

»Mag sein.«
»Daß es auf den Wohnwagen vielleicht gar nicht ankommt?«
»Weiß ich nicht. Wollen sehen. Erst mal dieser Spur folgen«, antwortete Mason.
»Nach welcher Richtung?«
»Wo haben Sie die Spur zuerst gesehen, Della?«
»Ja – ich weiß nicht genau: ich schätze, dreißig Meter vom Hügel.«
»Schön, dann wollen wir sie von dort aus verfolgen.«
Hundert Meter weit beobachteten sie beide die Reifenspur, dann gerieten sie plötzlich in eine kleine Lichtung des Gestrüpps, von wo ein kaum erkennbarer und doch gut befahrbarer Feldweg nach der Landstraße führte. Und hier war ein Platz freigemacht, auf dem offenbar ein Wohnwagen geparkt hatte. Sichtbar waren nicht nur die Reifenspuren, sondern auch ein kleines Loch im Erdboden, das dicht hinter dem linken Rad, über dem bei diesen Wagen das Abwaschbecken liegt, vom Spülwasser ausgehöhlt war.
Della Street machte eine kleine Verbeugung. »Sehr schön, Mr. Mason. Nun haben Sie ja das Kaninchen aus dem Hut gezaubert. Haben den Standplatz des Wohnanhängers entdeckt. Was können wir jetzt noch Nützliches tun?«
»Wir werden jetzt diesen Platz deutlich markieren, nach Fresno zurückfahren und Paul Drake beauftragen, zwei seiner zuverlässigsten und scharfsichtigsten Leute hierher zu schicken, die diesen Platz haargenau durchkämmen und jeden gefundenen Gegenstand, auch den kleinsten, notieren sollen.«
»Gegenstand?« fragte Della.
Mason deutete auf einen kleinen Haufen leerer Konservendosen. »Alles«, sagte er, »jeden einzelnen Gegenstand. Wir wollen ein komplettes Verzeichnis der hier entdeckten Einzelheiten haben, bevor jemand etwas verändern kann.«
»Könnten wir das nicht gleich tun, wenn wir schon hier sind?«
»Wir haben andere Aufgaben«, erklärte Mason. »Wir werden noch vor Ablauf einer Stunde auf dem Weg nach San Bernardino sein.«
»Nachdem wir einmal alle Leute geziemend verblüfft haben durch das Kaninchen aus dem Zylinder, werden Sie uns dann

sagen, *woher* Sie wußten, daß es im Hut war?« fragte Della Street.
»Sie haben ja meine Frage noch nicht beantwortet, Della«, erwiderte Mason.
»Welche Frage?«
»Wer die einzige Person war, die wissen konnte, daß Edward Davenport um sieben Uhr früh von Fresno abfahren, daß er gleich nach der Abfahrt heftig erkranken und bis zur Ankunft in Crampton so gefährlich krank sein würde, daß er nicht fähig war, weiterzufahren, vielmehr sich ins Bett legen und den Arzt holen lassen mußte?«
»Diese Person hat's gar nicht gegeben«, antwortete Della Street, »denn das war einfach nicht möglich.«
»Dann könnte es sich auch nicht um vorsätzlichen Mord gehandelt haben.«
»Das muß es aber, Chef, denn sonst – das Grab war ja schon tagelang vorher fertig. Ich kann mir kein kaltblütigeres, teuflischeres Verbrechen denken, das heißt: wenn dieses Grab tatsächlich für Davenport bestimmt war.«
»Das war es«, bestätigte Mason. »Kommen Sie, Della, wir wollen jetzt nach Fresno zurückfahren. Dort werden wir ein Flugzeug nach San Bernardino chartern, und bis wir dort ankommen, werden Drakes Leute sicherlich Mabel Norge aufgespürt haben.«

13

»Von dem Flugplatz, auf dem ich landen möchte, sind's bis zur Stadt mehrere Kilometer«, erklärte der Pilot.
»Das macht nichts«, sagte Mason, »wir werden uns einen Wagen mieten.«
»Zurückfliegen kann ich Sie aber heute nicht mehr«, sagte er, »ich habe nämlich keinen Nachtflugschein.«
»Schon gut«, erwiderte Mason, »wir kommen auch so wieder zurück, keine Sorge.«
Er bezahlte die Passage, nahm ein Taxi, das sie zu einer

Autovermietung brachte, rief von dort aus die Nummer an, die Paul Drake ihm aufgegeben hatte, und nannte, als die Verbindung hergestellt war, seinen Namen.

»Sie haben Glück«, sagte Drakes Agent am andern Apparat, »vor knapp zwanzig Minuten erst haben wir den Aufenthalt der gewünschten Person ermittelt.«

»Wo ist sie?«

»Im Hotel Antlers, und jetzt kommt noch das dicke Ende.«

»Und das wäre?«

»Sie hat sich unter dem Namen Mabel Davenport eingetragen!«

»Ist ja prima«, gab Mason zurück. »Wird sie von Ihnen überwacht?«

»Ja. Fast den ganzen Nachmittag war sie nicht im Hotel, kam erst kurz nachdem wir festgestellt hatten, daß sie da wohnt, zurück, und ist jetzt in ihrem Zimmer.«

»Ist ständig jemand zum Beobachten dort?«

»Jawohl, er erwartet Sie. Wird mich in wenigen Minuten wieder anrufen, dann sage ich ihm, daß Sie kommen.«

»Prima«, sagte Mason und hängte ein. »So, Della, jetzt wissen wir, wo die Gesuchte steckt. Im Hotel Antlers, wo sie als Mabel Davenport figuriert.«

»Etwa Mabel Norge, die Sekretärin?«

Er nickte.

»Die einzige Person«, sagte Della, »die gewußt haben kann, daß Davenport kurz nach der Abfahrt aus Fresno krank werden würde.«

»Und wie soll sie das gewußt haben?« entgegnete Mason.

»Muß ich Ihnen das noch haargenau erklären? Sie war mit ihm zusammen nach Fresno gefahren, hat dort die Nacht im Motel logiert und morgens, kurz bevor er weiterfuhr, dafür gesorgt, daß er etwas zu sich nahm, was ihm heftige Übelkeit verursachen mußte und –«

»Aber er hat im Hotel keine Frau mit eingetragen. Wenn eine Frau in der Nacht mit ihm dort gewesen wäre, hätte er geschrieben ›Frank L. Stanton und Frau‹. Er war allein, als er hinkam, und hatte –«

»– bekam dort Besuch«, ergänzte Della Street.

»Stimmt.«

»Und als dieser Besuch fort war, kam Mabel Norge zu ihm, die so lange gewartet hatte.«
»Und Sie meinen, sie hätte ihn vergiftet?«
»Das ist der Punkt, den ich nicht begreife. Sie muß ihm etwas gegeben haben, das ihn krank machte.«
»Kurz bevor er abfuhr?«
»Ja, morgens, kurz bevor er abfuhr.«
»Unter diesen Umständen«, erwiderte Mason, »hätte er aber ebensogut gleich umkehren und in Fresno einen Arzt rufen lassen können, anstatt weiterzufahren und in Crampton krank zu werden, wo das Grab schon so passend zurechtgemacht war.«
Sie seufzte. »Ach, Sie sind aber auch verschlossen wie eine Auster! Nach Ihrer Theorie gab es nur einen einzigen Menschen, der wissen konnte, wie das mit Davenport von Fresno bis Crampton vor sich ging. Es war doch nicht – du lieber Gott! Sie meinen doch nicht etwa Davenport *selbst*?«
»Ganz recht.«
»Aber warum denn nur? Warum sollte er den Wunsch –?«
»Zum Teil werden wir das schon in wenigen Minuten wissen, wenn Mabel Norge den Mund aufmacht«, prophezeite Mason. »Und das wird sie in dieser Situation wohl tun. Wird recht peinlich berührt sein, die Gute, wenn wir bei ihr eintreten und sie als Hotelgast Mabel Davenport vorfinden!«
»Und Sie meinen, Edward Davenport hätte sich absichtlich krank gemacht, damit –?«
»Halt. Ed Davenport war der einzige Mensch auf Erden, der mit Bestimmtheit gewußt, positiv und absolut gewußt haben kann, daß er in Crampton erkranken würde – das heißt: falls die Sache vorausgeplant war.«
»Nun, das muß sie ja gewesen sein, wenn man das Grab bedenkt.«
»Das ist zumindest die Theorie des Gerichts«, sagte Mason.
Ein Weilchen schwieg Della Street grübelnd, dann murmelte sie kopfschüttelnd: »Mir ist das zu hoch.«
»Ich glaube, wir werden jetzt einige Auskünfte bekommen, die uns ermöglichen, das Geduldspiel zu enträtseln«, sagte Mason. »Denken Sie mal an den Anruf, den wir in Paradise entgegennahmen. Der Mann fragte nicht, ob er richtig verbunden war.

Machte sofort, als Sie ›Hallo‹ sagten, die Angaben über das Motel in San Bernardino und hängte wieder ein.«
»Und die Norge war an dem Haus in Paradise nicht nur zufällig vorbeigefahren, wie sie behauptete, sondern wollte dort auf diesen Anruf warten, durch den sie Anweisung erhielt, wohin sie fahren sollte?«
»Ganz recht.«
»Und weil der Anruf sie nicht persönlich erreichte, tappte sie im dunkeln – wußte aber wohl schon vorher, daß es im Gebiet von San Bernardino sein sollte, und fuhr deshalb hin, um zu warten.«
»Ganz recht.«
»Aber weshalb ist sie nicht, als wir fort waren, wieder nach dem Haus in Paradise zurückgekehrt, um –?«
»Hat sie wahrscheinlich getan«, sagte Mason. »Fuhr wieder hin und wartete auf den Anruf, der nicht kam. Aus dem einfachen Grund, weil Sie ihn bereits angenommen hatten. Vermutlich hatte sie auch Instruktionen für andere Fälle: daß sie, wenn der Anruf bis zu einer bestimmten Zeit nicht gekommen war, nach San Bernardino fahren, im Hotel Antlers als Mabel Davenport wohnen und dort weitere Anweisungen abwarten sollte. – Los, Della, wir wollen Mabel überraschen.«

»Sie sitzt im Café«, erklärte der Detektiv. »Rechts in der zweiten Nische, allein.«
»Schön, wir setzen uns zu ihr.«
Mason hielt für Della Street die Tür auf, sie traten in das Restaurant und gingen zur rechten Seite. Plötzlich blieb Mason stehen und sagte: »Ach, sehen Sie mal, Della, da treffen wir ja eine Bekannte.«
Mabel Norge, die beim Studieren der Speisekarte war, blickte neugierig hoch. In ihren Augen war plötzlich Angst zu lesen.
»Guten Abend«, grüßte sie kalt.
Mason trat mit ausgestreckter Hand an ihren Tisch. »Hallo, wie nett, Miss Norge! Wie geht's Ihnen? Ich hörte, daß Sie hier seien.«
»*Sie* hörten, daß ich *hier* sei?« fragte sie, indem sie noch einen Moment zögerte, ehe sie ihm die Hand gab.

»Gewiß«, bestätigte Mason. »Sie haben doch den Staatsanwalt informiert, daß Sie hier sind, nicht wahr?«
Sie wechselte die Farbe. »Das sollte aber niemand erfahren.«
Ganz unbefangen und natürlich setzte sich Mason ihr gegenüber an den Tisch, und Della Street rutschte neben ihn auf die Polsterbank.
»Na, jedenfalls nett, Sie hier zu treffen«, sagte Mason, »wo wir uns unterhalten können und –«
»Ich lege auf Unterhaltung keinen Wert.«
»Dann werden wir vielleicht doch die Zeitungen benachrichtigen müssen«, bemerkte Mason zu Della.
»Die Zeitungen?« gab Mabel Norge wie ein Echo zurück.
»Aber sicher«, sagte Mason. »Anscheinend sind Sie über die Entwicklung der Dinge in Ihrer Gegend nicht auf dem laufenden. Sie sind eine junge Frau, nach der man sehr eifrig sucht.«
Miss Norge biß sich auf die Lippen und sagte schroff: »Mr. Mason, ich habe mit Ihnen über nichts zu sprechen. Bin zum Essen hergekommen und möchte dabei ungestört bleiben.«
»Mir schon recht«, erwiderte Mason. »Della, rufen Sie die hiesige Zeitung an und stellen Sie gleich fest, wer hier im Ort die AP und die UP vertritt, die großen Nachrichtenbüros, die sich mit dieser Sache befassen.«
»Mr. Mason, ich sagte Ihnen, daß ich nicht gestört sein möchte«, wiederholte Miss Norge.
»In einem Mordprozeß geht es nicht nach ›möchte‹«, gab er zurück. »Schon gar nicht, wenn die Presse sich einschaltet.«
»Ich habe aber mit Mordprozessen nichts zu schaffen.«
»Das mag Ihre Ansicht sein. Die Tatsachen reden eine andere Sprache. Das Gegenteil.«
»Es gibt keine Tatsachen, die das Gegenteil sagen. Was ich getan habe, geschah eindeutig im Auftrag meines Arbeitgebers.«
»Klar«, gab Mason zu, »aber diese eindeutigen Aufträge Ihres Arbeitgebers werden jetzt zu Beweisumständen in dem Prozeß.«
»Mr. Halder sagte mir doch, es sei alles in Ordnung!« protestierte Mabel Norge.
Mason lachte: »Halder steht hierbei ja nur ganz am Rande und weiß noch gar nicht, was gespielt wird. In Fresno ist Mr. Vand-

ling der Staatsanwalt. Er führt den Prozeß. Wenn Sie *den* anrufen, werden Sie sich wundern, was er sagt.«

Mabel Norge schwieg.

»Offenbar bezweifelt sie das«, wandte sich Mason an Della. »Da neben der Kasse ist eine Telefonzelle. Lassen Sie sich mit Vandling verbinden, berichten Sie ihm, daß Mabel Norge unter falschem Namen hier im Hotel wohnt, und fragen Sie, was er zu unternehmen gedenkt. Vielleicht ist's am besten, er überläßt den ersten Schritt der hiesigen Polizei, bei der sich die Zeitungen dann informieren können.«

Della Street stand auf.

»Bitte nicht«, protestierte Mabel Norge und fing plötzlich zu weinen an.

»Warten Sie, Della«, gebot Mason. »Wir wollen Sie ja nicht aufregen, Miss Norge, aber, Herr des Himmels, Sie müssen doch klar erkennen, daß Sie in eine schiefe Lage geraten sind! Sie wissen doch, was Mr. Vandling tun wird. Stellt er fest, daß Sie sich hier als Mabel Davenport eingetragen haben, liegt es für ihn auf der Hand, daß Sie wahrscheinlich hier Mr. Davenport treffen wollten, oder besser gesagt: daß er hier zu Ihnen kommen wollte und Sie als seine Frau –«

»Wie können Sie sich erlauben, so etwas zu behaupten?«

»Na, Ihr eigenes Verhalten – Sie glauben doch wohl nicht, daß die Presse die Sache anders auslegen würde, wie?«

»Jede Zeitung, die so etwas auch nur andeutet, werde ich – werde ich verklagen.«

»Gewiß, verklagen können Sie sie, aber was hätten Sie davon?« sagte Mason. »Wenn das Gericht Sie vor den Geschworenen ins Verhör nimmt, werden Sie zugeben müssen, daß Sie sich aus Paradise verzogen, vorher noch das dortige Konto geplündert haben, hierher gefahren, als Mabel Davenport aufgetreten sind und auf Edward Davenport gewartet haben.«

»Sie vergessen, daß ich vor meiner Abfahrt aus Paradise schon wußte, daß er tot war.«

»Nein, nach Ihrer Überzeugung war er nicht tot.«

»Was berechtigt Sie zu dieser Behauptung?«

»Na, nun aber!« sagte Mason. »Wir wollen uns doch wie Erwachsene benehmen. Della, ich glaube, Miss Norge macht sich nicht klar, was wir alles wissen.«

»So? *Was* wissen Sie denn?« fragte Mabel Norge.

»Wollen's mal kurz zusammenfassen«, antwortete Mason. »Laut Auftrag sollten Sie am Montag diverse Beträge auf Bankkonto einzahlen, nachher alles bis auf einen kleinen Rest abheben und sich abends im Büro aufhalten, um dort auf einen Anruf zu warten, durch den Sie erfahren würden, wohin Sie das Geld zu bringen hätten. Und zwar sollte das irgendwo hier in San Bernardino sein. Falls der Anruf Sie bis zu einer bestimmten Zeit nicht erreichte, sollten Sie nach San Bernardino fahren, sich in diesem Hotel als Mabel Davenport eintragen und weitere Instruktionen abwarten.«

»Ich begreife nicht, woher Sie das alles wissen«, sagte Mabel Norge.

»Na, das sind jedenfalls die Tatsachen«, erwiderte Mason.

»Das sind *nicht* die Tatsachen! Das heißt: es hat sich anders abgespielt.«

»Aber nicht sehr viel anders«, gab Mason zurück. »Also weiß ich, was ich dem Staatsanwalt in Fresno berichten kann und wie die Presse das behandeln wird. Die Zeitungen werden es selbstverständlich so hinstellen, als seien Sie Davenports Geliebte gewesen, mit der er verschwinden wollte, nachdem er vorher noch möglichst viel Geld zusammengerafft hatte.«

»Das ist ja absurd! So etwas Lächerliches! Eine glatte Verleumdung, Mr. Mason. Ich kann niemals – ach was! – er wollte ein Erzgrubengeschäft abschließen und brauchte dafür einen großen Betrag. Aber ich habe nicht nötig, Ihnen das zu erklären.«

»Ganz recht«, sagte Mason, »aber was wollen Sie jetzt tun? Sie sind in einer kniffligen Lage. Verbrauchen Sie etwas von dem Geld, so machen Sie sich der Unterschlagung schuldig. Kehren Sie nach Paradise zurück, so wird man Sie verhören und wissen wollen, wohin Sie gefahren sind und was Sie inzwischen getan haben und warum. Früher oder später müssen Sie Farbe bekennen. Entdeckt man Sie hier unter dem Namen Mabel Davenport und im Besitz von Geld, das ihm gehörte, so muß das ja aussehen, als hätte man Sie in flagranti bei einer Unterschlagung ertappt.«

»Ich habe kein Geld unterschlagen«, sagte sie, »und weiß

genau, was ich tue. Der Staatsanwalt in Oroville hat mir versichert, mein Verhalten sei durchaus richtig, und den werde ich jetzt anrufen und ihm erklären, daß ich nicht belästigt werden möchte.«

Mason nickte Della Street zu. »Diesmal bluffe ich nicht, Della. Ich werde Vandling selbst anrufen.«

»Hallo«, sagte er, als er den Staatsanwalt am Apparat hatte, »hier spricht Mason. Wie entwickelt sich Ihr Fall?«

»Sie meinen: unserer.«

»Verquicken Sie nicht mich damit«, lachte Mason. »Wollen Sie die Anklage fallenlassen?«

»Tja«, erwiderte Vandling, »ich bin mir noch nicht schlüssig, was ich machen werde, aber von Los Angeles wird mir erklärt, man wolle dort nicht für mich die Kastanien aus dem Feuer holen. Ich habe die Sache angefangen und scheine daran hängenzubleiben. Natürlich kann ich das Verfahren gegen die Angeklagte eröffnen lassen. Vielleicht muß ich es dann einstellen und eine neue Voruntersuchung einleiten. Dann hätte ich Zeit zum Nachdenken und könnte vielleicht neues Beweismaterial zusammenbringen.«

»Ist ja prima«, sagte Mason. »Neues Beweismaterial kann *ich* vielleicht vorbringen. Mabel Norge, Edward Davenports Sekretärin, hatte den Auftrag, auf das Konto in Paradise zuletzt noch etliche Beträge einzuzahlen und dann das ganze Guthaben abzuheben. Sie wohnt hier in San Bernardino, Hotel Antlers, und zwar als Mabel Davenport. Würde Ihnen allerlei zu offenbaren haben, wenn Sie sie als Hauptzeugin beim Wickel nähmen. Freiwillig wird sie nicht reden und ist vorbereitet, plötzlich zu türmen.

Es dürfte Sie interessieren, zu erfahren, daß sie dem Staatsanwalt in Oroville schon gewisse Einzelheiten erzählt und er ihr seinen offiziellen Segen gegeben hat. Sie meint, für sie sei alles in bester Ordnung, aber sie hat ihm ja nicht alles erzählt. Wenn sie alles vor *Ihnen* auspackt, kommt die Sache vielleicht vorwärts.«

»Nanu, was haben Sie denn im Sinn? Wollen Sie einen Prozeß *gegen* Ihre eigene Klientin einleiten?«

»Ich versuche, ein Verfahren gegen den *Mörder* einzuleiten«,

erwiderte Mason. »Vielleicht können wir schon morgen vormittag, wenn wir ins Gericht marschieren, den Sachverhalt klären.« Unvermittelt hängte Mason den Hörer auf.
»Mabel Norge hat eben in Eile das Restaurant verlassen«, meldete ihm Della Street.
»Ausgezeichnet.« Mason grinste vergnügt. »Wenn sie die Flucht ergreift, ist das ein verdammt schlechtes Zeichen für sie.«
»Und wenn sie nicht ausreißt?« fragte Della.
»Dann wird Vandling sie sich schnappen. Der wird sich das noch ein Viertelstündchen überlegen, bis er Angst kriegt, etwas zu versäumen, und dann der hiesigen Polizei den Auftrag geben, Mabel Norge festzunehmen, und wird sie als Hauptzeugin verhören.«
»Und was werden *wir* machen?« wollte Della Street wissen.
»Wir«, antwortete Mason, »werden nach Los Angeles fahren, um dort das Nachtflugzeug nach San Francisco noch zu kriegen und morgen früh Vandlings Prozeß zum Platzen zu bringen, falls er ihn noch weiterführen will.«

14

Als das Gericht um zehn Uhr vormittags zusammentrat, war der Gerichtssaal gerammelt voll.
Talbert Vandling lächelte Mason zu, als der mit Paul Drake und Della Street zusammen eintrat.
»Danke für den Hinweis auf Mabel Norge«, sagte er.
»Haben Sie sie gefaßt?«
»Dingfest gemacht, ja.«
»Was hat sie auszusagen?«
»Angeblich gar nichts.«
»Wie soll ich das verstehen?«
»Sie wurde von einem Deputy Sheriff aus San Bernardino hergebracht und hat sich wohl unterwegs überlegt, daß sie nichts aussagen will. Hat sich einen Anwalt genommen, der ihr rät, absolut zu schweigen.«
»Ist sie nicht unter Zeugniszwang vorgeladen?«

»Selbstverständlich.«
»Und was sagt man in Los Angeles?«
Vandling schüttelte lächelnd den Kopf. »Da ist man sehr spröde. Man wünscht sich, daß wir die Sache hier erledigen.«
»Und was beabsichtigen Sie zu tun?«
»Ich werde das Verfahren eine Weile durchführen. Aufheben kann ich es ja jederzeit. Vielleicht habe ich aber noch etwas in petto, das ich gerade *Ihnen* im Moment nicht entschleiern möchte, denn wir sind schließlich Gegner.«
»Warum sollten wir das sein?« fragte Mason.
»Weil Sie der Anwalt der Angeklagten sind und ich der Ankläger.«
»Was ist Ihr Ziel?«
»Ich will den Mörder Edward Davenports überführen.«
»Wie ich auch.«
»Aber es gibt da wohl Unterschiede in der Auffassung. Sie halten Ihre Klientin für unschuldig.«
»Sie denn nicht?«
»Zum Donnerkiel: nein!«
»Geben Sie mir ein bißchen Ellbogenfreiheit«, schlug Mason vor, »dann werde ich Ihnen einige verblüffende Tatsachen offenbaren.«
»Soweit es Tatsachen sind, können Sie beliebig viel Ellbogenfreiheit haben«, erklärte Vandling.
»Danke sehr.«
»Aber Moment mal: Sie haben doch wohl nicht die Absicht, mich mit einem Trick zu überfahren?«
Mason schüttelte den Kopf. »Ich werde auf den Freispruch Myrna Davenports hinzielen, will aber den Mörder Davenports belangen.«
»Mir schon recht«, erwiderte Vandling. »Ich sagte Ihnen ja, daß ich Ihnen allen Spielraum geben, also daran mitwirken will.«
Richter Siler betrat den Saal, der Gerichtsdiener klopfte mit dem Hammer um Ruhe, das Publikum wurde eingelassen, während Mason sich zu Vandling vorbeugte und noch sagte: »Rufen Sie als Ihren nächsten Zeugen bitte Mabel Norge auf, und hören Sie erst, was sie zu berichten hat.«
»Wird sie mir etwa den Teppich unter den Füßen wegziehen?«

»Der ist Ihnen schon weggezogen«, belehrte ihn Mason. »Sie schweben in der Luft. Jetzt kommt's nur noch darauf an, wie hart Sie fallen.«

»Ich möchte gern auf die Füße fallen«, grinste Vandling.

»Versuchen Sie's erst mit Mabel Norge.«

Vandling blickte Mason einen Augenblick nachdenklich an, dann begann er:

»Wenn das Gericht gestattet, werde ich, wie vorgesehen, Dr. Renault nochmals als Zeugen aufrufen, möchte aber gern seine weitere Vernehmung noch einen Augenblick aufschieben, um erst einen anderen Zeugen zu vernehmen.«

»Verteidigung erhebt keinen Einspruch«, bemerkte Mason.

Richter Siler nickte.

»Zeugin Mabel Norge«, sagte Vandling.

Die Sekretärin erhob sich zögernd, indem sie mit dem neben ihr sitzenden Anwalt noch ein paar Worte wechselte. Dann schritt sie in den Zeugenstand und ließ sich vereidigen.

»Sie sind bei Edward Davenport, als er noch lebte, beschäftigt gewesen?« fragte Vandling.

»Ja, Sir.«

»Wann haben Sie ihn zuletzt gesehen?«

»Am Elften.«

»Das war Sonntag?«

»Ja.«

»Und wo sahen Sie ihn?«

»In Paradise.«

»Und was geschah danach?«

»Mr. Davenport fuhr mit seinem Wagen nach Los Angeles. Er verließ Paradise ungefähr zu Mittag und wollte an dem Tag gegen Abend noch bis Fresno kommen.«

»Hatte Mr. Davenport, als er abfuhr, Ihnen noch letzte Instruktionen gegeben?«

»Ich weiß nicht, was Sie unter ›letzten Instruktionen‹ verstehen«, sagte sie, mit einer gewissen Hast, die anzudeuten schien, daß sie gern ihre ganze Aussage machen wollte, bevor Richter oder Staatsanwalt sie unterbrachen. »Mr. Davenport gab mir den Auftrag, dafür zu sorgen, daß im Fall seines Todes der Inhalt eines Kuverts der Polizei übergeben würde. Er sagte mir,

seine Frau wolle ihn vergiften und –«
»Halt, einen Augenblick«, unterbrach der Richter.
»Ja«, setzte Vandling gleich hinzu, »was Mr. Davenport Ihnen gesagt haben mag, kann nicht als belastend für die Angeklagte gelten, es sei denn, daß die Angeklagte dabeigewesen wäre.«
»Wir erheben keinen Einspruch«, sagte Mason. »Ich bitte, dieses Gespräch ins Protokoll aufzunehmen.«
»Zu welchem Zweck?« fragte Richter Siler. »Es wäre doch nur vom Hörensagen.«
»Ich bin mir nicht sicher«, antwortete Mason, »ob es nicht vielleicht unter eine der Ausnahmen der Paragraphen über Beweise durch Hörensagen fällt. Einspruch erhebe ich nicht.«
Der Richter war unschlüssig.
»Nun«, sagte Vandling, »ich werde die Fragen anders formulieren, Euer Ehren. – Bevor Sie Mr. Davenport zum letztenmal sahen, Miss Norge, hatte er Ihnen einen Brief gegeben?«
»Jawohl, das hatte er, Sir.«
»Und was taten Sie mit diesem Brief?«
»Ich legte ihn in eine Kassette in meinem Schreibtisch.«
»Hatte Ihnen Mr. Davenport in bezug auf diesen Brief besondere Aufträge erteilt.«
»Ja, Sir. Er sagte, seine Frau wollte ihn vergiften und ich sollte im Fall seines Todes diesen Brief der Polizei übergeben, und seine Frau hätte ihre Kusine vergiftet, und –«
»Sie kamen also mit Mr. Davenport überein«, fuhr Vandling dazwischen, »daß Sie, wenn gewisse Ereignisse einträten, gewisse Schritte in Hinblick auf sein Eigentum unternehmen sollten?«
Miss Norge zögerte einen Augenblick, bevor sie sagte: »Ich glaube, daß ich auf diese Frage nicht zu antworten brauche.«
Vandling schürzte die Lippen. »Am Montag, dem Zwölften, gingen Sie zur Bank in Paradise und zahlten mehrere Beträge ein?« fragte er nun.
»Ja.«
»Sie hoben auch Geld ab?«
»Jawohl.«
»In Form von Bargeld?«
»Ja.«

»Und wo befindet sich jetzt dieses Bargeld?«
»Das hat mein Anwalt in einen Tresor gelegt.«
»Erheben Sie Ansprüche auf dieses Geld?«
»Aber durchaus nicht.«
»Wem gehört es?«
»Es ist ein Teil von Mr. Davenports Nachlaß. Ich darf bemerken, daß ich alle Einzahlungen wie auch die Abhebungen nur seinen Aufträgen gemäß vorgenommen habe.«
Vandling blickte Mason an, der den Kopf schüttelte.
»Das wäre alles«, verkündete Vandling. »Kreuzverhör erwünscht?«
»Ja«, sagte Mason. »Sie erklärten, Miss Norge, daß alles, was Sie taten, ganz den von Mr. Davenport erhaltenen Aufträgen entsprach, nicht wahr?«
»So ist es.«
»Hatte nicht Mr. Davenport Sie auch beauftragt, das bewußte Geld nach San Bernardino zu bringen?«
»Ja.«
»Und dann sollten Sie dort im Hotel Antlers auf weitere Instruktionen warten?«
»Ja.«
»Sich dort als Mabel Davenport eintragen?«
»Ja.«
»Er hat Sie nicht beauftragt, das erwähnte Bargeld einer bestimmten Person zu geben, einerlei, was passieren würde, und ohne Rücksicht darauf, daß jemand, aus welchem Grunde auch immer, Sie daran zu hindern versuchte?«
Jetzt erhob sich Miss Norges Anwalt und sagte: »Nun sehe ich mich gezwungen, meiner Klientin zu raten, daß sie hierauf nicht antwortet. Ich möchte dem Gericht erklären, daß Mr. Masons Annahme durchaus dem wahren Sachverhalt entsprechen *könnte,* will aber nicht zulassen, daß meine Klientin sich in eine Lage begibt, in der sie gewisse Handlungen oder bestimmte Tatsachen zugeben muß.«
»Das wäre alles«, sagte Mason lächelnd.
Vandling blickte ihn verwundert an.
Mason sagte kopfschüttelnd: »Ich bitte, Dr. Renault zu weiterem Kreuzverhör aufzurufen.«

»Kommen Sie in den Zeugenstand, Dr. Renault«, sagte der Richter. Renault begab sich nach vorn.
Langsam erhob sich Mason hinter dem Anwaltstisch, ging bis an den Zeugenstand und blickte auf den sitzenden Arzt hinab. »Doktor«, begann er, »Sie haben Edward Davenport als Ihren Patienten am Morgen des Zwölften, also am Montag, aufgesucht?«
»Das habe ich bereits ein paarmal ausgesagt.«
»Und ihn als Patienten behandelt?«
»Jawohl, Sir.«
»Er hat zu Ihnen von Symptomen einer Arsenikvergiftung gesprochen?«
»Ja, Sir!«
»Sie persönlich haben diese Symptome nicht festgestellt?«
»Ich bemerkte sekundäre Symptome. Gesehen habe ich selbst die primären Symptome nicht, die sich, wie der Patient sagte, vor meinem Besuch eingestellt hatten.«
»Eine sehr geschickt formulierte Antwort, Doktor«, lobte Mason. »Ich darf Ihnen jetzt noch eine Frage vorlegen, die Sie vielleicht ein bißchen in Verlegenheit bringt. Haben Sie Edward Davenport auch am Tage vorher – also am Sonntag, dem Elften – gesehen?«
Dr. Renault erwiderte: »Das steht hier nicht zur Debatte, es hat nichts mit meiner ärztlichen Behandlung zu tun.«
»O doch«, sagte Mason. »Sie haben Edward Davenport gesehen, als er hier in Fresno im Hotel Welchburg unter dem Namen Frank L. Stanton registriert war – stimmt das, Doktor?«
»Ich – muß ich darauf antworten, Euer Ehren?« wandte Dr. Renault sich an den Richter.
Vandling sprang mit einem Ruck auf und sagte: »Selbstverständlich müssen Sie das!«
»Ich habe den Vorsitzenden gefragt«, sagte Dr. Renault.
»Es ist eine sachdienliche Frage«, erklärte Richter Siler. »Also antworten Sie.«
»Ich – ja, ich habe ihn gesehen.«
»Und haben mit ihm bestimmte Angelegenheiten besprochen?«
»Ich habe mich mit ihm unterhalten.«
»Und haben mit ihm über eine bestimmte ärztliche Behandlung

gesprochen, die Sie am nächsten Tage, Montag dem Zwölften, an ihm vornehmen wollten?«
»Ich weigere mich, ein Gespräch wiederzugeben, daß zwischen meinem Patienten und mir stattgefunden hat.«
»Warum?«
»Es zählt zu den vertraulichen Mitteilungen.«
»Nur insoweit, als Sie die Symptome zwecks richtiger Behandlungsweise festzustellen hatten.«
»Mein Gespräch mit Mr. Davenport drehte sich um bestimmte Symptome.«
»Mr. Davenport eröffnete Ihnen, daß er sterben *wolle,* nicht wahr?«
»Ich werde aus meinem Gespräch mit Mr. Davenport nichts erwähnen.«
»Mr. Davenport bezahlte Sie, damit Sie die Dinge so inszenierten, daß er *scheinbar* sterben konnte. Es war vereinbart, daß er Sie am folgenden Morgen zur Behandlung rufen lassen und Ihnen dann von Symptomen einer Arsenikvergiftung berichten sollte. Daß ferner Sie ihm helfen sollten, den durch eine Arsenikvergiftung verursachten Schwächezustand zu simulieren, so daß er dem Anschein nach sterben konnte, während seine Frau zugegen war. Stimmt das oder nicht?«
»Ich werde diese Frage nicht beantworten.«
»Sie werden es müssen«, sagte Mason, »es gehört nicht zu den vertraulichen Mitteilungen.«
Vandling war wieder aufgesprungen. »Wenn diese Frage bejaht werden sollte, weist das auf ein Komplott, also ein Verbrechen. Es ist dann keine vertrauliche Mitteilung, Euer Ehren.«
»Nein, dieser Anspruch kann bestimmt nicht erhoben werden«, gab Richter Siler zu.
»Dann brauche ich sie aber deshalb nicht zu beantworten, weil ich mich selbst belasten würde«, sagte Dr. Renault.
»Verweigern Sie die Antwort aus diesem Grunde?« fragte Richter Siler.
»Ja.«
»Eine ungewöhnliche Situation«, sagte der Richter nur.
Mason fuhr fort: »Dem Plan gemäß, den Sie zusammen ausgearbeitet und mit Davenport sorgfältig geprobt hatten, meldeten

Sie den Mann als verstorben und erklärten, Sie müßten die Polizei hinzuziehen. Sie schlossen die Kabine ab, gingen aber nicht sofort zur Polizei, um Davenport erst Gelegenheit zu geben, aus dem Fenster zu klettern und in einem Wagen, der in unmittelbarer Nähe des Fensters der Kabine, in der er angeblich starb, bereitgestellt war, nach einem vereinbarten Treffpunkt zu fahren. Dort war ein Wohnwagenanhänger geparkt, zu dem Davenport den Schlüssel hatte. Im Wagen befanden sich neue Kleidungsstücke, so daß er den Schlafanzug ablegen und sich normal anziehen konnte, nicht wahr?«

»Ich verweigere die Aussage.«

»Und er erzählte Ihnen, daß er sich Geld aus dem Vermögen seiner Frau widerrechtlich angeeignet habe, nicht wahr? Sagte Ihnen ferner, daß eine aufdringliche Verwandte seiner Frau ihn fortwährend bedrängte, seine Frau solle eine klare Abrechnung von ihm verlangen, und deshalb sei er mit seinem Spiel bald am Ende. Er habe es verstanden, viele Tausende von Dollar in bar flüssig zu machen, aber wenn er jetzt nicht verschwände, sei mit der Entdeckung seiner Manöver und gerichtlicher Verfolgung zu rechnen. Hat er Ihnen das nicht erzählt und Sie gebeten, ihm behilflich zu sein?«

»Ich verweigere nach dem mir laut Verfassung zustehenden Recht die Aussage.«

»Sagte er Ihnen nicht auch, er habe Hortense Paxton vergiftet, die Polizei hätte jetzt Verdacht geschöpft, daß sie einem Mord zum Opfer gefallen sei, und er befürchte, man würde ihre Leiche exhumieren? Deshalb wolle er, wenn das geschähe, für tot gelten, und sei bereit, Sie für Ihre Hilfe großzügig zu honorieren?«

»Ich verweigere die Aussage.«

»Und als Davenport in den Wohnwagen gekommen war«, fuhr Mason unbeirrt fort, »da setzten Sie ihm Whisky vor, der Zyankali enthielt, Sie wußten, daß seine Handkoffer große Geldbeträge enthielten, die er sich durch unreelle Transaktionen mit den Vermögenswerten seiner Frau beschafft hatte. Sie veranlaßten ihn, diesen Whisky zu trinken und –«

»Das habe ich *nicht* getan! Das ist absolut unwahr!« rief Dr. Renault. »Ich hatte keine Ahnung, was die Koffer enthielten.

Und wenn Sie schon so schlau sind, dann schaffen Sie lieber gleich den andern Herrn her, den, der Davenport im Wohnwagen nach Nevada fahren sollte!«

»Ich vermute, Sie meinen damit Mr. Jason L. Beckemeyer, den Privatdetektiv in Bakersfield?«

»Ja, den!« rief Dr. Renault erbost.

Mason drehte sich zu Vandling und sagte: »Und jetzt, Herr Staatsanwalt, schlage ich vor, bei beiderseitigem Einverständnis, die Verhandlung fortzusetzen, Dr. Renault zu inhaftieren und den Befehl zur Verhaftung Jason L. Beckemeyers ausschreiben zu lassen. Ich glaube, wenn das Gericht mit dem Protokoll der vollständigen Aussagen Dr. Renaults fertig ist, werden wir genau wissen, wie sich die Dinge abgespielt haben.«

Vandling war schon aufgestanden. »Die Anklagevertretung wünscht Mr. Perry Mason ihren verbindlichen Dank auszusprechen für seine hervorragende Mitarbeit an der Aufklärung. Hiermit stelle ich, wenn das Gericht gestattet, den Antrag, das Verfahren gegen die bisher Angeklagte, Myrna Davenport, einzustellen . . .«

15

Mason, Della Street, Paul Drake und Talbert Vandling, die an einem Tisch in Masons Wohnzimmer im Hotel California saßen, stießen miteinander an.

»Dr. Renault hat ein volles Geständnis abgelegt«, sagte Vandling. »Auch ohne daß ihm etwa Immunität oder sonstiger Schutz zugesichert wurde. Nach reiflicher Überlegung hatte er sich entschlossen, doch lieber sein Gewissen, so gut es ging, zu entlasten.

Es scheint kein Zweifel mehr am Sachverhalt zu bestehen. Den entscheidenden Trumpf hatten Sie ausgespielt. Davenport vergiftete Hortense Paxton, damit seine Frau von Delano erbte. Dann fing er an, alles, was er erfassen konnte, in Bargeld umzuwandeln, indem er mit Vermögenswerten jonglierte und die Bankkonten heillos verwirrte. Weiter begann er, Verdacht gegen seine Frau auszustreuen, damit sie, falls eine Untersuchung erfolgte, als Mörderin der Hortense Paxton verurteilt wurde.«

Mason nickte.

»Davenport hat gewußt, daß er vielleicht selbst in diesen Verdacht kommen würde, wenn er ihn nicht rechtzeitig auf jemand anders ablenkte«, explizierte Vandling weiter. »Es war ihm daher wichtig, seine Frau darauf hinzuweisen – und zwar in Gegenwart von Sara Ansel –, daß er bei seiner Sekretärin einen Brief hinterlassen habe, den diese im Fall seines Todes der Polizei übergeben würde – einen Brief, in dem er Myrna beschuldigte, Hortense Paxton vergiftet zu haben, und später auch ihn, eben weil er diesen Verdacht geschöpft hätte.

Anscheinend hat das Kuvert nie etwas anderes enthalten als unbeschriebene Blätter, doch er war sowieso überzeugt, daß seine Frau, angestiftet von der aggressiven Sara Ansel, dafür sorgen würde, daß der Brief verschwand, wenn er, Edward Davenport, unter Anzeichen starb, die auf eine Vergiftung deuten konnten.

Dadurch, daß er seiner Sekretärin mit Erfolg suggeriert hatte, seine Frau wolle ihn vergiften und habe auch schon die Paxton vergiftet, hatte er die Szenerie für seinen Theatercoup aufgebaut. Er füllte zwei Handkoffer mit Geld und fuhr nach Fresno, um dort seinen ›Tod‹ zu arrangieren.

Schon vorher hatte er mit Dr. Renault, der als Arzt in einem dunklen Ruf stand, eine Vereinbarung getroffen, wonach dieser sich verpflichtete, für ein täuschend echtes äußeres Bild des scheinbaren ›Vergiftungstodes‹ zu sorgen, und auch dafür, daß seine ›Leiche‹ schnell entfernt wurde, damit der Gedanke an eine Obduktion gar nicht erst aufkam.

Davenport hatte Renault erklärt, es könne Verdacht erregen, wenn von seinen Sachen, die er fürs Hotel brauchte, etwas fehlte, und hatte deshalb die kleine Reisetasche gekauft, in die er seine Toilettensachen umpackte und die bewußte Schachtel Pralinen, die er sich vorsorglich mitgenommen hatte – eben jene Pralinen, die, wie er wußte, von seiner Frau angefaßt worden waren.

Dr. Renault führte mit einer Injektionsspritze in alle diese Konfektstücke Gift ein und verschloß die Öffnung durch Anschmelzen der Schokolade mit einer heißen Nadel. Davenport hatte ihn aufgefordert, sowohl Arsenik wie auch Zyankali für die Füllungen zu verwenden, weil er wußte, daß die Polizei seiner Frau den Besitz beider Giftsorten nachweisen konnte.

Nachdem Davenport seine zwei Koffer im Kofferraum des zur Flucht bereitgestellten Autos versorgt hatte, gab ihm Dr. Renault, in der richtigen Dosierung, ein Heilmittel und ein Brechmittel ein, um die Symptome des physischen Zusammenbruchs und einer Arsenikvergiftung vorzutäuschen.

Davenport hatte alles so vorbereitet, daß er durch das Fenster der Kabine leicht hinausklettern, den dicht daneben geparkten Wagen besteigen und schnell die etwa fünf Kilometer über Land fahren konnte, bis zu dem Platz, wo ein Wohnwagenanhänger schon für ihn bereit stand.

Natürlich wollte er auch das Geld von seinem Bankkonto in Paradise noch mitnehmen. Er hatte den Eingang einiger Überweisungen auf Freitag, spätestens Samstag erwartet. Diese kamen jedoch nicht rechtzeitig, und er wußte, daß er am Montag nicht mehr im Ort sein würde, weil inzwischen schon alles für seinen simulierten Tod am Montag nachmittag festgelegt war.

Es hatte ihm überdies jemand einen Tip gegeben, daß die Leiche der Hortense Paxton exhumiert werden sollte. Also schien ihm höchste Eile geboten. Er mußte sich rasch einen Plan ausdenken, wie er das Bankkonto in Paradise auch nach seinem angeblichen Tod noch erleichtern und das Geld an sich bringen konnte.

Mabel Norge, ein leichtgläubiges, ihm treu ergebenes junges Mädchen, konnte er ohne Schwierigkeit überzeugen, daß seine Frau den Plan habe, ihn zu vergiften. Also sagte er ihr, als er nach Hause fuhr, er könne nicht wissen, wann seine Frau den Anschlag auf sein Leben machen würde, und nahm ihr das Versprechen ab, von der Bank das ganze Guthaben abzuheben und es, was auch passieren möge, nach San Bernardino zu bringen. Dort werde jemand, mit dem er ein Geschäft vorhabe, sie aufsuchen. Diesem Herrn, der sich durch ein Kennwort ausweisen würde, solle sie das Geld aushändigen.

Und der fragliche Herr war Beckemeyer, der Dritte im Komplott. Mit Beckemeyer hatte Davenport schon mehrfach zweifelhafte Geldgeschäfte gemacht und ihn auch als Strohmann benutzt, wenn er große Summen durch Kontenverschiebung und so weiter flüssig machte.

Als Davenport ihn wissen ließ, er könne bald in eine böse Klemme geraten und sich gezwungen sehen, die Flucht zu ergreifen, erwähnte Beckemeyer, er kenne in Crampton einen Arzt, der für Geld alles machen würde, da er selbst in sehr peinlicher Lage sei.

Nachdem er Davenport mit Dr. Renault bekanntgemacht hatte, wurde der Plan ausgeheckt, demzufolge Davenport dem Anschein nach unter Krankheitserscheinungen sterben sollte, die keinen Verdacht auf ihn selbst werfen konnten, vielmehr ein Verbrechen an ihm vermuten ließen.

Dr. Renault erhielt fünftausend Dollar in bar. Er behauptet, keine Ahnung zu haben, wieviel Beckemeyer bekommen sollte, wahrscheinlich jedoch mehr als er.

Beckemeyer fiel die Rolle zu, den Wohnwagen, in dem Davenport friedlich im Bett liegen sollte, ins Gebiet von Nevada zu fahren. Auf diese Weise konnte Davenport, selbst wenn in dem Motel jemand gesehen hatte, wie er aus dem Fenster kletterte, und man nach ihm fahnden sollte, unauffällig aus der Gegend verschwinden.

Beckemeyer hatte auch den Wagen zur Flucht aus dem Motel bereitzustellen und für glatten Verlauf dieser Aktion vorzusorgen. Dr. Renaults einzige Aufgabe war, den Tod Davenports überzeugend vorzutäuschen.

Mabel Norge hatte den Auftrag, sich am Montag abend im Büro in Paradise aufzuhalten, um dort einen bestellten Anruf entgegenzunehmen, durch den sie erfuhr, wohin sie sich in San Bernardino mit dem Geld wenden sollte. Sie wußte von der ganzen Affäre nichts weiter, als daß vielleicht diese Geldsache ein unfairer Trick von Davenport war, um vor seiner Frau wieder eins seiner sonderbaren Geschäfte zu verbergen.

Nach der Darstellung Dr. Renaults muß nun Beckemeyer einen eigenen schlauen Plan ausgeheckt haben. Er wußte, daß Davenport mehr als zweihunderttausend Dollar in bar mit sich führte. Da kam ihm ein glänzender Gedanke: warum nicht Maßnahmen treffen, daß Davenport wirklich von der Bildfläche ver-

schwand? Da er ja sowieso die Absicht hatte, mit seinem Namen endgültig zu verschwinden, konnte Dr. Renault, der dabei die entscheidende Hilfe leistete, keinen Verdacht schöpfen.
Nach dem Plan sollte der Eindruck erweckt werden, daß Myrna Davenport ihren Mann vergiftet hatte, und zwar, indem sie ihm zuerst vergiftete Pralinen in die Hände spielte und nachher, als sie mit ihm allein in der Kabine war und er schon im Sterben lag, den Rest gab. Da die Verschwörer keine Leiche als Ersatz zur Verfügung hatten, mußten sie die Sache so aufziehen, daß es aussah, als hätte Myrna einen männlichen Komplizen gehabt, der ihren toten Mann heimlich aus dem Fenster bugsierte und fortschaffte, damit die Leiche nicht gerichtlich seziert werden konnte.
Beckemeyer überlegte gründlich alle Möglichkeiten, die ihm die Situation bot. Schon mehrere Tage vorher, vermutlich am Donnerstag, hob er in der Nähe der Stelle, wo der Wohnwagen bereitstand, ein Grab in passender Größe aus. Als Davenport programmgemäß nach seinem ›Tode‹ im Wohnwagen erschien, sorgte Beckemeyer dafür, daß er gleich zur Stärkung ein paar Glas Whisky trank, und briet ihm Eier mit Speck. Dr. Renault hatte nämlich Davenport dringend empfohlen, nach der Behandlung und seiner Flucht sofort feste Nahrung zu sich zu nehmen, weil sonst die Gefahr eines wirklichen Zusammenbruchs für ihn bestände.
Davenport verzehrte die Eier mit Speck und trank mit Beckemeyer auf den Erfolg ihres Unternehmens noch ein paar Gläser. Und jetzt schüttete ihm Beckemeyer heimlich eine Portion Zyankali ins Glas, an dem Davenport sofort starb. Beckemeyer begrub die Leiche in dem vorbereiteten Erdloch und fuhr mit dem Wohnwagen davon.
Er wußte auch, daß Davenport auf der Bank in Paradise noch ein Guthaben von etwa dreißigtausend Dollar besaß, die in bar vom Konto abgehoben werden sollten. Davenport hatte ihn instruiert, wie er Mabel Norge benachrichtigen sollte, wohin sie sich in San Bernardino mit dem Geld zu wenden habe. Und zwar sollte er das Büro in Paradise anrufen, nur die Adresse nennen und sofort den Hörer wieder aufhängen, damit das Gespräch, falls in Paradise irgendwo der geringste Verdacht auf-

kam, nicht nachgewiesen werden konnte.
Beckemeyer war ein durchtriebener Bursche. Als die Geschichte mit der Ablieferung des Geldes in San Bernardino nicht planmäßig klappte, war er sich darüber klar, daß er selbst in eine verfängliche Lage geraten sein könnte, weil die Möglichkeit bestand, daß seinen Anruf in Paradise nicht Mabel Norge, sondern jemand anders angenommen hatte. So kam er auf die Idee, Ihnen einen unverdächtig klingenden Bericht über seine Fahrt nach San Bernardino zu schicken, in dem er behauptete, Davenport habe ihn als Privatdetektiv zur Überwachung des bewußten Abteils im Hotel Pacific Palisades engagiert, und so weiter. Das ist jedenfalls, in großen Zügen, die Aussage Dr. Renaults, die vermutlich den Tatbestand richtig wiedergibt. Beckemeyer dagegen wird wahrscheinlich Dr. Renault den Mord in die Schuhe schieben, aber mit der Zeit kommen wir schon dahin, daß sie beide alles ›verpfeifen‹.«
»Weshalb war denn Dr. Renault so halsstarrig, als es um das Zyankali ging?« fragte Mason.
»Er behauptet, sofort, als er erfuhr, daß bei der Obduktion Spuren von Zyankali festgestellt wurden, gewußt zu haben, was vorgegangen war, und habe sich von dem Moment an ganz auf seine eigene Verteidigung eingestellt. Hätte er jemals zugegeben, daß, während er Edward Davenport behandelte, auch nur das kleinste Symptom von Zyankalivergiftung bemerkbar gewesen sei, so hätte er sich ja, falls eines Tages der Schwindel mit dem Todesfall herauskam, selbst überführt.
Wären nicht die spielenden Jungs über die Grube stutzig geworden, so hätten wir den wahren Verlauf der Sache nie erfahren. Es wäre gegen Myrna Davenport eine überzeugende Anklage wegen Giftmordes eingeleitet und die Frau wahrscheinlich verurteilt worden.«
Mason lachte. »Man kann sich Dr. Renaults Gefühle vorstellen, als die Leiche entdeckt war und die Vergiftung durch Zyankali festgestellt wurde!«
»Na«, sagte Vandling, »dank Ihrer Mitarbeit habe ich ja hübschen Lorbeer geerntet. Man klopft mir im Städtchen wohlwollend auf die Schulter und wird das gewiß noch lange tun. Was mir noch nicht in den Kopf will: *wie* haben bloß *Sie* die Sache

ausgetüftelt, zum Donnerwetter?«
»Alles habe ich gar nicht ausgetüftelt«, erwiderte Mason. »Immerhin erkannte ich, daß die einzige Person, die mit Sicherheit wissen konnte, daß Edward Davenport in Crampton krank sein würde, nur er selbst sein *konnte*. Und wenn Davenport das beabsichtigt hatte, war es so gut wie sicher, daß Dr. Renault die Hand mit im Spiel hatte. Und da man das Grab schon vorbereitet hatte, ließ sich fast mit Gewißheit annehmen, daß noch jemand über den Plan mit Davenports angeblich plötzlicher Erkrankung im Bilde sein mußte.
Wenn Sie die Sache nun genau betrachten, Vandling, dann müssen Sie im Auge behalten, daß wir zwar in Beckemeyer und Renault die eigentlichen Mörder zu erblicken haben, daß aber de facto nur Davenport selbst seinen Hals in die Schlinge gesteckt hat.«
»Fahrlässigkeit in Nebensachen«, sagte Vandling lächelnd.
»Sehr richtig«, bemerkte Mason, indem er die Gläser wieder füllte.